打開天窗 敢說亮話
LIFE
天窗出版

如果流浪是一種練習

何潔明（小明） 著

目錄

第一章 青春的憶記——西藏

第二章 Wish You Were Here——尼泊爾

第三章 坐長途車之始——越南

第四章 重回的路就像回家——柬埔寨

第五章 最悠閒的日子——老撾

第六章 回到繁華——泰國

第七章 我要到這裡——緬甸

第八章 看見貧與富——印度

後記

前言

在旅途上，我聽陳綺貞。

小時候失戀，聽《每天都是一種練習》，以為不再遇到美好，傷心轉眼就過，用今天換走過去，用明天換走失去的，更好在前。後來關係都當練習，自由就張開翅膀飛出去，刺了每天都是一種練習的青，成為更好的人。

再度陷入關係，《告訴我》你不是真的離開我，也不願這樣夜裡把難過留給我。夢醒聽《煙火》，陪我看一場華麗的煙火，除了你沒有人真正了解我。記不起陳綺貞是多少年的老師，黑暗日子總讓人著迷。

外出的日子，年少輕狂，那個下午我決定要走，一無所有，只能留給你《雨水一盒》。孤獨自處日子哼著《孤獨是》冬夜下的雨，孤獨是一首歌的名字。原來明天和未來一樣遙遠，溫柔徐徐睡去。

旅人都在尋找《旅行的意義》，我迷失在地圖上每一度短暫的光陰，蒐集了地圖上每一次的風和日麗。我一直在玩，一直在跟自己玩，也跑去跟別人玩，跑去跟另一個人玩，都是屬於我《花的姿態》。

一直都在《靜靜的生活》，搬到海邊，靜靜生活、浮木漂流，靜靜生活、地球轉動，靜靜生活。

走得累，遊走於希望與絕望間，憶起《流浪者之歌》，撐著我止不著的墜落，撐著我讓我真正停留作一場美夢。在尼泊爾想家，輕輕牽著你的手，漫漫長途一起走，哪裡都是我們的《家》，想到這裡怎麼會又哭了呢。

一個人跳《小步舞曲》，音樂響起我一個人演出重複的舞曲。

回來了，我們結婚。

我《寫一首歌，讓你帶回去》，只希望在重複的日子，激情褪去，有一個生活簡單的人溫柔堅定，但並不企圖征服你。

日子過去，你總讓人低潮過後依舊堅定。

這本書，送給這個年代，夜裡最愛陳綺貞的我們，也送給一直流浪的旅人，堅定地走自己的路。

H/8556

自序

一直在糾結要不要寫本小書，紀錄獨自走過這三百二十天的八國旅途，糾結在於不知道該如何寫起，經歷太多太瑣碎，現在不寫又怕會忘記。旅途間，偶爾會做些小筆記，一直走一直記下遇過的人和事，刻骨銘心的、純粹的、隨意的。

直到有天在印度小村莊的學校，小孩很是好奇又熱烈地歡迎我這不速之客，排好椅子端上熱茶，拿出印度大鼓和叮叮琴在表演。一個十多歲的男孩看著我，唱出一印度民謠後，我不禁數度落淚，聲線溫柔而豪邁，像在千里草原上呼喚自己回家，他凝視著我，像母親，「你看走了那麼遠，歸家了吧」。

那一瞬間，我決定要寫下一本紀錄一個又一個故事的小書，不論是那男孩還是路上遇到的伙伴、肩擦肩共渡數天後各歸天涯的有緣人，還是在不同國家遇上困境仍積極面對、努力工作生活的當地人，只因大多人和事需要也值得被記下來。

那些年的旅途是我人生的轉捩點，我發現旅行可以有很多種，時間長的、短的、吃喝玩樂的、深度行的、背包的、行李箱的、個人的、群體的，不同人適合不同類型的旅行，無須比較，每次旅行都有意義所在，只是都走在自己的路上就好。

路途再遠也總有回家的路，三百二十天沒有很長也沒有很短，回來一段時間，總是懷念在外的日子，那些光影太驚險刺激又平靜而感動，人在港一直整理著旅途種種，也有說不出的感恩與喜悅，但回家後再期待下一個旅程也是幸福的事。

書的開端作個自我介紹。家裡三人，成長於基層家庭，在新界的公共屋村長大，是舊式井字形那種，住在二十一樓，很喜歡高高的向下望又回頭看天空，一個井字正方形的天空，太小卻無限廣闊，走出這裡生活總是充滿無限可能，心想長大後要外出看世界，瀟灑走一遍，去看更藍的天，更亮的星。

自小出生於單親家庭，母親要照顧我和姐姐，童年的歲月一直是經濟拮据又貧困。在基層家庭裡成長，卻是我人生裡最珍貴的事情。家裡每次遇上困難都在挑戰生活與基本的尊嚴，逐漸形成堅強自立的性格，中六那年參與反高鐵後投入社會運動，一路走來好幾年，到過菜園村當巡守隊、區議會立法會選舉的助選工作、校內外的組織工作等，數年間獲益良多也認識不少同路人。在半走路半跌倒下走來，感到灰心又想一直奮力前進。

直到數年前，我失戀便買了機票往柬埔寨，那是第一次獨自旅行，沒有計劃行程，喜歡到哪便隨處走走，去看吳哥又往金邊看歷史沉重的殺人場。在金邊的青年旅館認識了挪威及加拿大旅伴，與剛認識的陌生人一起走的感覺太新奇有趣。臨別時挪威女子那個擁抱告訴我，旅行的意義不在於去了多少地方，跑了多少景點，而是隨心所欲的做自己，也放開懷抱去認識世界旅人，認識不同國家的歷史，用心看世界。

那次旅途，在往來金邊與暹粒的大巴上，我看到了最美的鄉郊日落。午夜夢迴，也夢見逝去外婆，她來看看我一個人在金邊過得好不好，我淚流，希望能一直走下去。當時還是背包初哥的我，好想好好記著這種感覺，希望日後在香港迷失自我時，也可以重回路上，找到最真實的自己。

前年畢業後，我沒有註冊當社工也沒有找工作，就拿著一筆兼職賺到的小錢開始我的八國旅途。歲月不饒人，年輕時大概最需要到處遊歷，以最便宜也最自然方式到處生活，經歷生命種種，寫下緣份的一章一頁。這份憶記，足以成為往後生活中的養份與動力。

出發前我沒有太多憂慮，沒計劃路線、住宿、行程、要做甚麼甚麼，一旦行程被規限，那就只好走馬看花，在框子裡前進。

我希望能自由自在，偶爾停下偶爾前進，走過一地生活如種花，茁壯成長還是枯萎掉，再往下一個目的地去。

就在二零一四年六月十一日那天，我訂了廣州往拉薩的車票，背著兩個背包、三台照相機，輕便衣物和一本日記，坐上往拉薩開的列車，開展了我的流浪之旅。

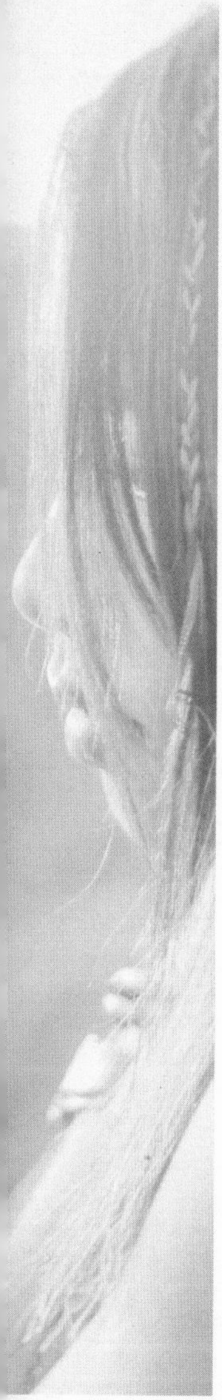

第一章 青春的憶記——西藏

西藏是我第一個長途旅行的地方
高海拔的雪山、滿天爛漫的星空、七彩飄揚的經幡
成就了青春的憶記
有些第一次的記憶
足以在往後的日子娓娓道來，念念不忘

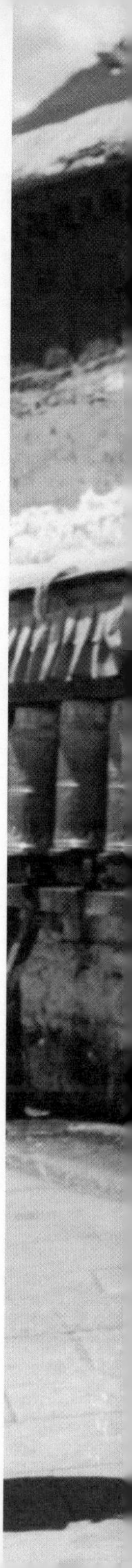

入藏記

在香港待得太久，城市太小人太多，我只想往高山與湖泊的地方去，又想乘坐人生第一次鐵路，那就先到西藏看廣闊草原，也看藍天，舉手可摘的雲朵，百看不厭。

本來有坐飛機前往拉薩的念頭，後來認為人生總需要乘坐一次鐵路，何況是青藏鐵路。看著一列又一列高山，白濛朧間的小屋，人兒坐著乘涼嬉戲，牧羊人放一群牛羊，不消數秒又是大海湖泊，跟天緊連一色，車子上掠過的風景，永遠難忘。

車程全程是五十五小時，第一天中午十二時零七分車，第三天晚上七時二十分到達。第一程車中途會停留長沙、武昌、鄭州、西安、蘭州，終點站西寧。於第二天晚上七時會於西寧轉車往拉薩，也就開始上高山了。中途會途經格木爾、玉珠峰、沱沱河、唐古拉、安多、那曲、當雄，終點拉薩，每掠風光就像那些神秘驚艷的名字向我呼喚。

我坐的硬臥鋪，一格六張床，中間和最上那張床坐不直，只能彎著身子躺。我坐中鋪，每一格門外都有兩張小椅子和一張桌子。一大清早便會有不少人坐著聊天看風景，吃瓜子又織毛衣，總會被吵醒，好不熱鬧。

車子裡的日常就是睡、吃、看風景、看書不斷的循環。每卡車都有一個廁所，洗臉間和供應熱水的爐，可以帶杯麵上車吃，沒有也不要緊，每小時都會有售賣小吃的人拿著籃子走進車廂，好幾次我都是懶在床上，付過錢就拿東西吃，最好自備餐具和水樽。每卡車只有數個充電頭，不能用拖板和分插，我便站在廁所門口充了兩小時的電。

跟我同一車廂的是三個香港女生，為何如此巧合也是香港人？大概是每列車都會留一卡車廂予紅磡中鐵，所以就有機會與香港人碰上。那三個女生都是港大護士系畢業，同是九一年，她們逗留兩星期，說著已訂好了車，安排好旅館和行程，而我連第一晚的旅館也沒有訂，焦慮是此刻開始的，後來在火車上聯絡得當地朋友在火車站接我，才知道出門確實是靠朋友。

於火車三天，我多睡覺也看風景，搖晃搖晃最易入眠，偶爾知道第一天晚上會在城市靠站，是武

昌還是鄭州，有兩個婦女一包二包的走進來，爬到最頂睡，整個車廂嘈吵一輪。「嘩，床這麼高，要爬呢，包還那麼多，活受罪了」，另外一個大嬸道「行行行，拿來，你先上去，要去洗手間嗎？爬了上去就別下來了。」

我努力繼續入睡，免得醒來眼光到天亮。到睡醒時最頂床的那兩個人已經下車了，樣子都沒看過。那時我想能睡同一卡廂是有點緣份，而這兩位婦人我大概一輩子也不會再遇到，聽上去好像很無聊，因為每天擦肩而過的人太多，而後來的旅途也遇上不少始終要分離的有緣人。

第二天晚上我醒來，同車的女生說我睡了很久，我笑說這趟覺是補回一直以來在酒吧工作捱夜的帳。同時實習、上學、工作半年，那半年是累透。想不到真正可以放鬆的日子是在往拉薩的火車開始，所以我早早就希望這是一個隨心而非奔波跑景點的一趟旅行。

女生走過來問我要不要到餐廳車卡去吃晚飯，我

點頭。那個車卡有十多張卡位，桌上會有餐牌，至於吃甚麼也忘掉了，就是番茄炒蛋、冬瓜湯之類的飯菜，那好像是我數月來的第一頓家常飯，就是自己拿一隻盛裝白飯的碗，面前有數隻盛裝餸菜的碟子，夾一些餸菜再扒兩口白飯，這是一個吃飯的儀式。在香港生活少有回家吃飯，常在外有的沒的就當一頓，也想起多久沒回家吃飯。雖然旅途只是第二天，但那頓飯確是吃出了一點點思鄉之情。

三十小時過後，我們收拾好東西轉車，天氣開始冷，一陣風吹來，是西寧的風，我打了個抖震，穿著薄外衣顯得清涼。走出月台，就在同一個月台的另一端，是一列墨綠色的火車，Z264。是的，我要踏上這列陌生的軌跡，任火車而行，開始上高山過湖泊，一大片的綠。二十四小時後，我就要到達拉薩。

在車上我沒有時刻看鐘，能睡就睡，探頭看沿路以六十秒掠過的一個湖泊和一座山，直至火車到達那個最接近天堂的地方——西藏與拉薩。

接車

火車到站，我跟同車的港大女生揮手道別，收拾好東西就往外跑。

海拔三千六百五十米，有點氣喘慢走。火車站外一片空曠，後面是墨綠色的山，沒有樹顯得份外赤裸孤獨，車站就像布達拉宮白、紅，藍和黃色，站頂有「拉薩站」三個字，也有藏文，外頭空曠顯得天空太高。

一直走前找接我的朋友K，他發我短訊「到了那曲就告訴我，我今天去了納木措，回到拉薩就來接你」。人在外頭，收到接車的訊息有說不出的感動。

在火車站外，我一直走去找K，他沒說在哪等我，反正我會見到他就是了，有種不見不散的感覺。

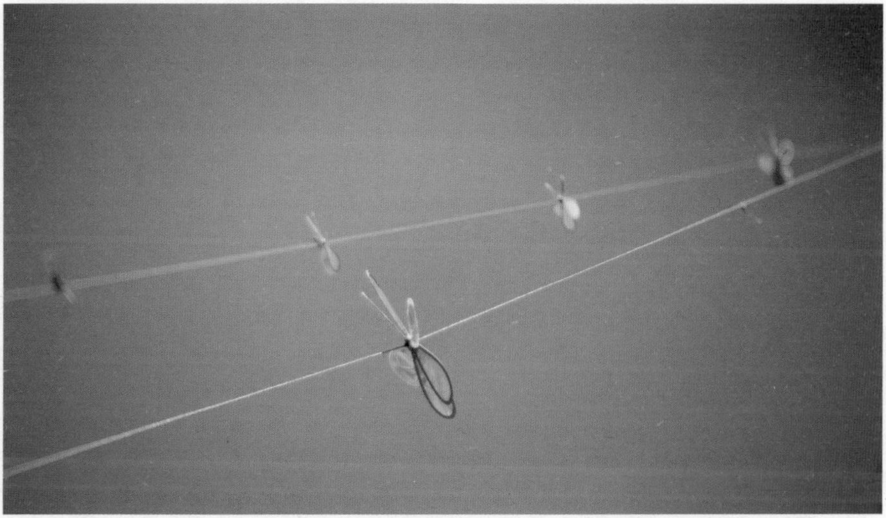

火車站沒有縱橫交錯的很亂，就只有一條直路往前走，我跟著人群，在小賣部附近見到K。他曬黑了，穿著白色T恤，破舊的牛仔褲和一對很髒的啡色高筒鞋，他是由雲南、四川再一直玩上拉薩，出門好像也一個月了。

我走上前二話不說地來個擁抱，我問他「累嗎？要你來接我了」，他回我「小意思，出門靠朋友，看你一個人，坐車久了總得來接」。我說不出話來，就回他一個感激的眼神。

K替我接過背包，一起大步大步地走出火車站。上了一輛停泊在外的計程車。拉薩的計程車是滿了人才開，每人收多少這樣，又或者在街上即使有乘客也可以再接人上車，很有可能你是第一個上車，卻是最後下車。

我們的目的地是一間港人民宿，我滿心歡喜，有人來接車之餘，住宿也找好了，此刻只想好好睡一覺，醒來再看日光之城的藍天。

就這樣，我風景瞬轉地來到拉薩。

港人民宿

我住的港人民宿是香港人阿初跑到拉薩開的。數年前他去拉薩和尼泊爾遊玩，在地攤買東西時認識了在那擺地攤的蒙古女人莎姐，後來索性辭掉在香港的工作，到拉薩跟莎姐一起賣東西和開民宿。

可是收入沒有在香港打工好，加上他媽媽每天都發訊息給他「大少，何時回來喝湯，你媽今天又煲了湯啊。」最後阿初的父親身體不好，他弟弟打電話叫他回去，所以經營一年後就回港了，民宿就繼續由莎姐打管。

我在那一年就認識了他，一起待了兩個月。在民宿裡認識了很多香港和內地人，渡過了兩個月熱鬧又自由的美好時光。

阿初開的民宿嚴格來說也不算是民宿，在訂青旅的網絡上是找不到的，他在一個屋苑租了一個三房單位，再靠住客介紹朋友或在個人交友工具上宣傳，反正也是出門靠朋友。

而我那兩個月也長期租住大廳裡的一個床位，以布簾與客廳分隔開，內有三張床，我住較近牆那張，鄰床的人來又去，只有我待最久。

我去拉薩時是六月至八月，遇到很多香港人去畢業旅行，天天待在一起爬山、閒逛、煮飯、喝酒、看球賽。每天也聽著阿初說明天有誰來住，後來又有誰，我總是好奇問「是誰呀？可以一起玩啊」，後來有對姐弟來了民宿住，姐姐很會煮飯，是照顧型那種，他們來兩星期，晚餐也不成問題了。

有天晚上吃火鍋，姐姐去了街市買菜，回來後打開門跟我說「小明，我買了你最愛吃的雞髀菇」，心裡感動，走進廚房幫忙準備晚餐。是這樣的，

我們說好了，誰有份在廚房幫忙便不用洗碗，我便走進去切菜，閒著的逃過了洗碗的工作。

人在外頭，吃飯是最難以適應的事，在拉薩還好，始終在中國境內，食飯的文化還算相近。可以到菜市場去買菜，而且民宿常有年長一點的長輩來住，他們總是熱情又好客地煮好一大餐，端出來大伙兒就一起吃。餸菜還相當不賴，各地菜式也有，來自四川的大嬸煮好一碟看上去已經很辣的麻婆豆腐、潮州阿姨煮來一窩滷水肉。在拉薩的家裡，我不是在旅行，而是生活，像女兒像大家庭，知寒問暖，有飽飯吃。可以跟巧遇的朋友們一起圍爐、吃家常便飯、看著說廣東話的劇大概是幸福的事情。

我們一起吃飯，也外出遊走。

那時候我們一起騎電單車去拉魯濕地野餐，就在濕地附近旁的小雜貨店買花生，小蛋糕和啤酒去吃。拉魯濕地是自然保護區，屬青藏高原濕地，海拔三千六百四十五米，是中國海拔最高與面積最大的城市天然濕地，保護區內有很多植物，野生動物與昆蟲。雖然濕地是封鎖著不能入內的，但我們在外圍野餐與爬樹，忘卻煩惱地渡過了一個下午。

就這樣每天都無憂的走著逛著，與大伙兒在一起看西藏的色彩，那永遠都是七彩經幡與藍天，成了青春的憶記。

友人 K

友人K在接車那天，我大概也有一年多沒有見到他了，所以那次在車站也算是久別重逢。在外的久別重逢是難忘的。

我在香港沒有跟他特別熟，就是在二零一零年的菜園村巡守隊認識的，那年反高鐵過後，地政署人員要來拆掉菜園村，但那時還沒有談判到合理的賠償與安置方案就動手，所以我們一班學生常在課餘時間，走堂去菜園村當巡守隊。那時我中七，K副學士一年級，在肩並肩、隨時發生狀態下的日子當了一段時間的隊友。

大家都一路走來好幾年，常常會在社運組織會議或行動下碰頭。後來我升上了明愛社工系，要上課跟實習，後來又去旅行，就慢慢跟K疏遠，偶爾會在臉書上看到他參與學校組織，出各種行動，到元朗年宵幫被逼遷的田香花園賣花。

想不到一段日子過後，重遇在拉薩。

在拉薩的日子是我們最放鬆的時間，不像以前在社會行動上的繃緊狀態。我實習完也畢業了，正開展長途旅行，而他也完成了城大社工系來畢業旅行，也希望儘量走最遠的路。

那時我們一起住在港人民宿的大廳床位，他就在我隔壁，每天都睡到自然醒，下樓去藏館吃個蓋飯，每次都點蛋炒蓋飯，素的最便宜。沒事做就去騎摩托到處兜兜風，經過城關區後街都是賣二手傢具的，木製的藏櫃、藏桌子、椅子，一列列排在大街上。又去附近的小區玩，各式各樣的雜貨小店、商場，走進去繞一圈，看到藏人小孩在

溫習功課，忙的時候就幫爸媽看看店，拿貨給客人。我蹲在小孩旁，叫他教我藏文，嘰嘰咕咕一輪，又開車去別的地方亂逛。

晚上，我們有時候會在民宿煮飯，懶洋洋就吃泡麵。邊吃邊看香港正在播放的《愛．回家》、九十年代很紅的幾部《古惑仔》，百看不厭。有球賽的時候就到樓下雜貨店買點花生啤酒，一看就半夜。

閒時五湖四海的朋友來住就一起樂，沒人來就我們幾個待。

二零一四年六月二十二號民間全民公投那天，我跟K在拉薩翻了半天的牆，要登入網上投票系統選出行政長官選舉方案，我們都覺得應該把握每次可以表態跟爭取的機會。翻來翻去最後成功投了票，也興高采烈幫民宿裡的香港人翻牆，一起在拉薩投票。最後好像有七十多萬人表了態，也有好幾票是來自拉薩的吧。

後來K要去大理玩，臨走前一晚也是如常看球賽喝酒，睡幾個小時就要去趕火車。那天早上我聽見他醒來收拾東西，把衣服摺好，日用品打包。我裝作睡了沒有起來跟他告別，我怕不捨與流淚。

最後聽到大門關上，我起來看看旁邊的床，空的。是的，又一個小伙伴走了。

我呢？多待一段日子，結交新朋友，再承受來了又去。

黃土裡的告別

吉普車往林芝開去，沿路都是風塵，經過位於拉薩市與林芝地區分界的米拉山口，走的川藏公路。翻過米拉山口，就是林芝了。

山口海拔五千零一十三米，長年積雪，那時七月也是白茫茫一片，白色與藍天交接，地平線上都是五彩經幡搖曳。如果從南開來，那是騎行川藏線的必經之地，也是到達拉薩前的最後一座高山，當云云騎行者置身於那片又冷又風大的山口，也就望見終點了。

我站在米拉山口，風吹得狠，地上積雪也厚，才離開拉薩個多小時，從日光之城的古都到來一片就像荒野的雪山，才是晃眼之事。

風吹來打得臉紅耳赤，我回到車上，再往前駛是一條迂迴的公路，四周都被雪山包圍，雖然冷但看著這片雪白心頭卻感溫暖。

我們的司機大叔是藏人，說藏語也說國語，有點難聽懂但還是蠻有趣。他從不趕路，慢慢停也慢慢走，看見路上有塌下來的石頭，他下車去撿，搬回路邊；路邊有西瓜賣，又下車買回來給我們吃，總是滿面笑容。

他說西藏的美景都是上天賜予，從來不曾厭倦這份開車的工作，就是像每天去遊玩，去欣賞與感恩。

有天車子開到納木措景區外面的幾里，司機大叔下車，走到車尾拿出很多餸菜、以藤子編好的菜籃，也有肉和衣服，走進一間以磚頭搭建的小屋數分鐘後換了一套厚厚的皮毛衣服出來。他的妻子跟小孩也走了出來，身穿的衣服有點髒和舊，傳統高原的紅紅臉頰，小孩只有幾歲，拉著不讓爸爸離去，爸爸就抱著他親完又親，像是說「爸爸沒有去很久，很快又回來了」。妻子拉著小孩，吻別了丈夫，多向前走幾步，在塵土滾滾裡面揮手作別。

車子遠去，我回頭看他們，身影愈來愈小，手還在揮動，我不知道妻子有沒有落淚，也不知道司機大叔多久才回家一次，如果是旺季也許一星期一遍，淡季的話可能要一頭半個月。

離別也許沒有久，但要維持一個家庭的生活，丈夫要到車上糊口，而妻子就擔起了照顧者的角色，世世代代，這就是黃土高原裡的故事。

1921

打雜的日子

在拉薩除了會帶新來的朋友到處去玩，閒時我也會到阿初跟莎姐合作的店幫忙打雜。莎姐的攤在北京東路的八廓商場，裡面大概有百多個攤，莎姐的位置就在第一大堂的左面前走到尾。

店裡賣的都是尼泊爾的民族衣服，圍巾和他們自己設計的首飾。

每天早上阿初都會在民宿打掃、換床單、收拾客房、處理訂房的事情，忙完一個早上就會到店裡幫忙招呼客人。我有時候也會隨著去，大多是用不鹹不淡的國語叫賣，是名副其實的搗亂。

除了賣東西，我也常常撩隔壁攤的小孩玩，叫他們教我藏語。小孩跑來跑去，有時間亂動貨物，隨意拿起又不放好，莎姐與他們的母親大罵一頓，小孩擺個鬼臉又到處跑去，這些都是最天真的歲月。

在八廓商場裡，除了藏人的攤，也有很多中國不同省份的人來做買賣，賣佛珠、金剛菩提、藏紅花、唐卡、雞血藤、氂牛乾、藏香等等。也有人會到鄰國拿貨，如印度和尼泊爾，再回西藏擺攤。閒時除了在店裡打雜，我也會去擺攤走鬼，做做「兼職」。

聽說從前拉薩是可以隨便擺地攤的，後來政府怕有人聚集搞藏獨就禁止了。但民間的人如何會服？就每夜偷偷出來繼續擺攤。

我們晚上偶爾會在布達拉宮附近開攤，那邊的人最多也最熱鬧，當公職人員來掃攤、拍照時，我們便走鬼，到別街又來。我都幫忙賣尼泊爾草帽子，「薪水」是叫賣一個晚上，老闆就請我吃炸雞扒。

五湖四海皆兄弟，我在這認識了擺攤的莎姐、徐姐、阿冉、小章，還有辦旅行團的阿樂。雖說是競爭同行，大家卻每天混在一起，收攤就去吃羊肉串和喝酒，然後駕摩托回住處，第二天又再擺攤。

我問他們為甚麼離鄉別井要挑西藏，大家都異口同聲說喜歡這裡，這裡人文風氣好，宗教氣氛濃郁，到處都是往拉薩朝拜的人，幾千里一直朝拜到此；地理位置也好，天藍山高，每天都是萬里無雲卻不熱，白黃的建築拼上藍天也讓人目不暇給，份外舒適。

大家在這裡也能作伴，賣東西、帶旅行團、駕車當司機導遊、開民宿開店，在那最高的山和最藍的天當中生活著，是最寫意的生活。

藏人家庭

有天晚上，在阿初的介紹下，我到了一個藏人家庭作客。主人叫江才次仁，是阿初二零零九年首次到西藏包車時認識的。

到了城區，上二樓，踏完門口，都是酸奶和羊膻味。一屋都是藏式傢具，都是絢麗的彩繪。圖案上面刻著歷史傳說與宗教故事，色彩豐富，有雕刻、寶石鑲嵌，圖案也層次豐富，很有民族味道。每件傢具看上去都是古樸但又華麗，屋子裡滿是古舊與深木色的傢具，牆上掛滿了地氈和壁畫，所以家裡總是黑漆漆的。

我們到處參觀屋子，發現有一個房間特別乾淨整齊，原來是供奉佛的地方，房裡也掛滿唐卡，桌子上燒著藏香。次仁說這房間很純潔，只能給一位喇嘛親人住，別的人也不能逗留太久。

次仁的家在拉薩來說不算很大，七百呎，好像也要五、六十萬。他有一個兒子和一個女兒，他們在房間裡做功課，我們在外聊天。

次仁說今天不用工作，所以請我們作客，明天就要去開車了。

我問他開到哪裡。

他說甚麼地方都開，西藏境內也會去，近的話就是山南、林芝、念青唐古拉山、那曲、日喀則、珠峰、納木措、羊卓雍措等，遠一點就會去後藏的阿里地區，走上十天十夜。

每年四月到十月都是旅遊旺季，都要拼命去工作，不然養不活一個家庭。到了十一月到三月，滿山是雪，商店又不開門，大家都回鄉了，沒有人來。那半年是寒冬，少工作，都在家裡陪陪孩

子；旺季那半年，可說是聚少離多。

話間，他的妻子端出晚餐來，是酸奶飯和酥油茶。

我心知不妙。說實的，我很怕吃酸奶，所有酸的東西我都沒有很喜歡，加上飯和奶都是冰的，酥油茶的味道很膻，我想起羊肉，也是從來不吃的。

但難得作客，不吃也得吃，我沒有作咬碎的過程，就是不斷吞下去，又偷偷把飯往阿初的碗裡塞，好不容易，都吃光了。我心裡知道這樣不太尊重，但我也是太怕吃酸奶飯了。

次仁第二天早上就要出車了，我們沒有待很久，一陣子就離去。

我向他道謝，讓我看到了藏人的家裡，讓人目不暇給的裝飾與傢具，滿心歡喜。

爬山

除了在店裡當打雜和擺攤，在拉薩我最多是爬山。

拉薩位處海拔三千六百五十米，是最高海拔的城市之一，多面環山，好多山可爬。

我說的爬山不是帶上科技裝備、登山鞋、行山杖、食糧、衣服，而是很輕鬆每天都能爬到的山。

山在哪裡？

在色拉寺，也在哲蚌寺。色拉寺後有山，哲蚌寺三面環山，不斷上斜，可說是依山而建，面積也大，不是爬山是甚麼？

新朋友來，我帶他們去吃，也帶他們來爬山。

進了寺，穿過大殿，走到盡頭就是上山的路。路好走，有時候是平走的路，有時候是要雙手抓著石頭爬上去。要適應了高反才好爬，不然自討苦吃。

到達山腰，我沒有再往高走，這個高度對我來說已經足夠，看到是整個拉薩市的縮影，有高樓平房、有拉魯濕地、有公路、有車、有人。偶爾會有僧侶走過，他們安靜富足，手拿著一串佛珠默默地數，數完一圈又一圈，直到海枯石爛。

我們並不是一無所有，我們擁有山，擁有一草一木，活在天地當中，都是自然的奧秘。

頭上是淨明的藍天，地下是連連土地，山嶽連綿。

上到山，才發現我們擁有許多。

世界語言

走在拉薩街頭，你不難發現很多熱血青年，背著結他穿州過省，只為在不同的街頭上表演。

每個晚上遊走在北京東路上，都看到不同的街頭樂隊，有的彈結他，有的打非洲鼓，有的作主音。樂器上貼滿了貼紙，寫過好多字句。我看到他們千里迢迢，經歷滄桑，一路走來，有人聽就有歌聲，再彈下去，直到歲月不饒人。

好些會寫上牌子，隨緣資助他們的旅行。

「一行幾人
從廣州一直坐順風車來
錢不多，只有音樂與青春」

再往前走，是一個男生自彈自唱。

「原諒我這一生不羈放縱愛自由
也會怕有一天會跌倒
背棄了理想　誰人都可以
那會怕有一天只你共我」

沒人圍觀，沒人懂貨。

我跟伙伴走上前，唱完一首又一首，人們加入，離去。

彼此不知道大家的名字與故事。只是那分鐘我們的歌聲與感情永遠定格，你說世界沒有永恆，那份惺惺相惜就是永恆。

最美的風景在路上。

第二章 Wish You Were Here ——尼泊爾

酒吧裡彈結他的尼泊爾人沉沉自語
昏暗又似光的色調
我沒有迷醉但感覺歲月久遠
轉眼兩個月
往後我沒有一個人
又有時候一個人

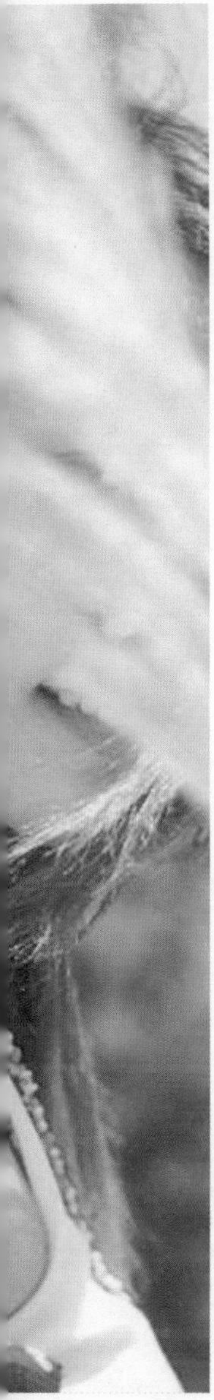

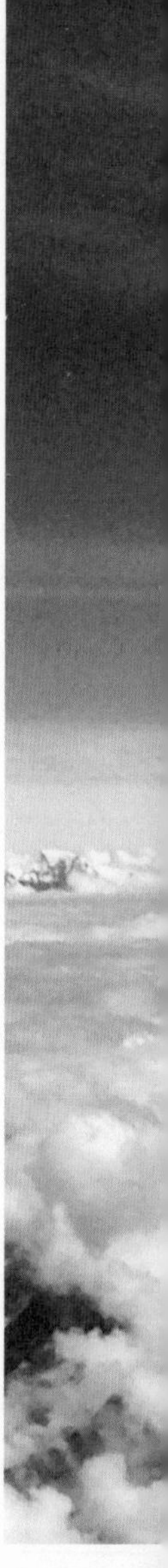

逝去的惡夢

在西藏待了兩個月後，八月中我離開拉薩了。本來打算陸路經樟木去尼泊爾，可惜沿路的山崩塌了。「不能通行」、「人群搶直升機位」、「搶位過程中有人的頭被直升機的旋翼打斷了」等等的謠言在小伙伴微信的朋友圈滿天飛。我跟幾個朋友去了尼泊爾駐拉薩簽證中心附近，問了好幾個駕車來往中尼的司機，他們都說最近不發車，要等路通了才去，也不知道要多久。

我多待了好幾天，只好坐飛機去尼泊爾。

飛機翻過喜瑪拉雅山，隔著窗口，我看到積雪掩蓋的珠穆朗瑪峰，群山之矮小顯得珠峰一枝獨秀卻份外孤寂。記得看過珠峰的歷史，有多少位攀山家被珠峰埋葬，有位英國攀山家的屍體更在七十五年後才被尋找。

這大地之母令人敬畏卻太多人想征服，最後葬身於雪堆之中。我在飛機上掠過珠峰，心裡想著歷年攀山家的成功與死亡，成功與失敗一線之差，當踏上了攀登這條路，成敗在於天意，人們只好盡力而為，無悔當初。

飛機抵達加德滿都機場後，我與在機上認識的兩名中國女生拼車到 Thamel。其中一名女生十九歲，到拉薩讀書，順道到尼泊爾轉一圈，在拉薩機場她就拉著我說父親不讓她來，怕危險，看看我能不能與她作伴。在加德滿都機場的門口，我們三人就併了車去市區，然後去找住的。

到了 Thamel，舊城裡亂成一團，很多巷子左拐右轉，天氣又熱又納悶。在毫無頭緒下，在路上的旅客介紹我們到她住的旅館，安頓後就出去吃東西。

我們隨意到了一家餐館，點了尼泊爾最有名的 Momo（就是香港的餃子），開了 WiFi 上網，惡夢就來了。

突然收到香港傳來的訊息，友人 H 在台灣一場大火中被燒傷，送了去醫院搶救，生死未卜。尼泊爾的網絡供應不穩定，時連時斷，我心急如焚，默默在店裡等待網絡連接和消息。

那天就像是人生最長的下午，在等待消息之時，H 與我的回憶湧上心頭。雖然我跟他不是很熟悉，但也在一些家庭聚會、飯聚跟宴會上碰面。他是一個陽光男孩，喜歡爬山到處走，會一清早爬上山然後發訊息給女朋友，叫她到山上找他，也會從青衣走路回九龍塘的學校。記得不久前他才買了一個大背包，要從台北走路去台南，是一個勇於發掘未知與活潑的男生。

在等待之時，我不敢發訊息去打擾 H 的家人，只知道他們都趕了去台灣看情況，只好在有 WiFi 的地方看香港的新聞，擦臉書，希望可以看到「情況穩定」、「留院觀察」等字眼。

數小時過去，我沒有等到好消息，H 的確是離去了。

人生無常，世事變化，來來去去，時間永遠是最好的老師，悲傷過去，事情總會好起來。如果你很久也沒有好起來，請繼續傷心，盡情讓心情掩葬在谷底，人往往在谷底後就可以看到另外一個明天了。

See you soon

友人H逝去後好幾天，我都在聽 The Beatles 的《Hey Jude》。

Hey Jude, don't make it bad.
Take a sad song and make it better.
Remember to let her into your heart,
Then you can start to make it better.

記得小時候常看《邁阿密刺青客》，對於刺青早已著迷，客人走入工作室跟紋身師說著他們的故事，例如要一個刺青紀念逝去的親人、寵物、紀念日等。初中時已經一直想要自己的刺青。

直到二十歲有次去台灣，刺了第一個青"Reunion"，紀念逝去的外婆。後來我在旅途上也一直有夢見外婆，她一直入夢，問我過得好不好。我在夢裡哭，猛拉著她問她是不是還在，回來好嗎？她遠去，夢醒了，才知道人不在心卻一直在。

那天我在杜巴廣場巷內的小餐廳喝茶，偶爾看到二樓有家黑黑破舊的刺青店，招牌都快要倒下來了。我好奇，走上樓，樓梯要拐好幾個彎。推門進去，沒人。隔壁的人叫我走下樓，在下面的工作室先畫個圖。

走進工作室，依舊黑暗，刺青師問我要刺甚麼？我忍淚把友人H的故事告訴他。

好一陣子沉默，工作室沒人作聲，我刺了一個"See you soon"，紀念那些逝去的人。以往共生，那是緣份所在，到後來再見，很快便會再見。

兩星期後刺青掉色，我去了另一家補色，刺了又補，紀念兩遍。

在路上，我送你遠方最美的風景，祝你永遠青春，活在最燦爛的十九歲。

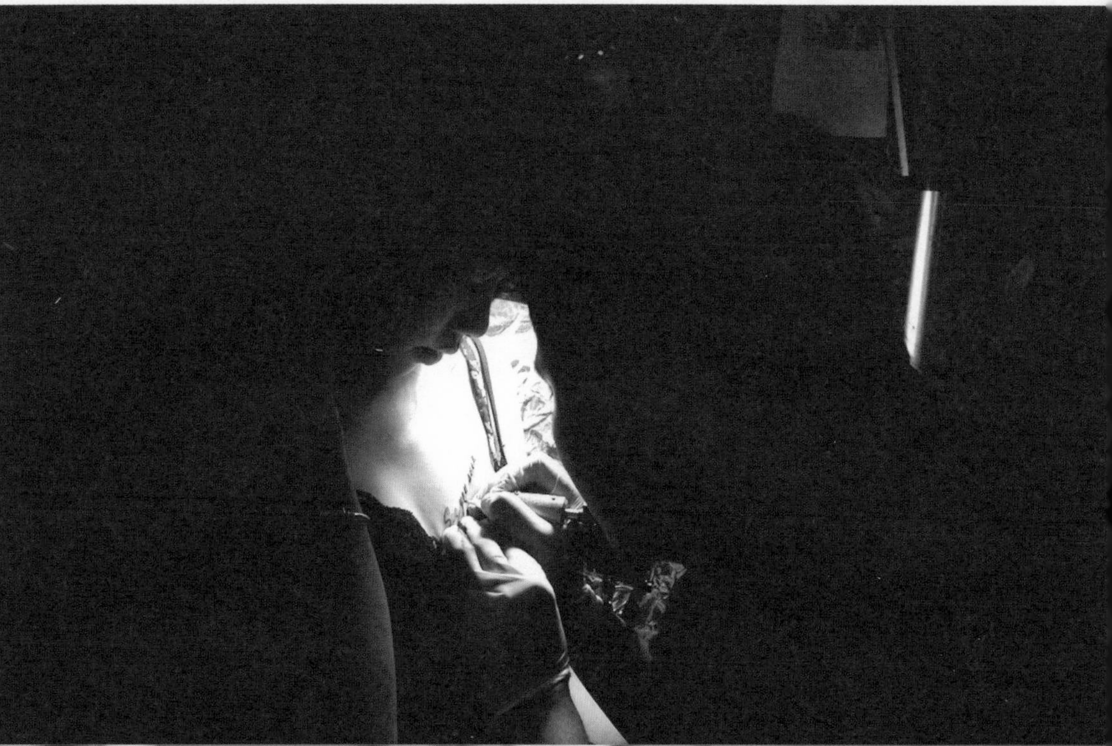

加都日常

在加都兩個月，我住過兩家旅館，一家在杜巴廣場附近，叫 Hotel Sugat，沒有多人間的，我住在一家小小的，只有一張床、一個櫃子的小房間，有窗，推窗出去是鐵絲網，看不到景，看景就上天台。

加都常停電，每天停八小時，不要奢求把電話的充電線插到插頭就能充電，不要奢求房間有電視看、有吹風機，也不要奢求洗澡會有熱水。

每天我都會早上洗澡，靠太陽把儲水器的水曬熱了，就會有熱水。但熱水不會長久，就是要快點洗完，多享受也不行，心裡常怕下一秒就沒熱水了。

加都多塵也悶熱，每天也要洗頭，洗完就上天台曬乾，有太陽的日子不用一小時就乾掉，沒有太陽悶沉沉的話大概兩小時。

在天台等待髮乾的時間，我都在看廣場上的人。看下去整個社區一覽無遺，一檔檔小攤檔，賣的都是牛鬼蛇神面具、銅器、銀子飾品。人來人往，穿來插去，好些人在講價，二百盧比不賣，客人走遠，檔主追上前，一百五，一百五，賣了賣了。大街上每天都在上演七嘴八舌，還價來還價去的小生意，討飯吃的生活。

看厭了人，我看書。三毛的《撒哈拉的故事》、《哭泣的駱駝》，舒國治的《流浪集：也及走路、喝茶與睡覺》，都是好看之物。閱讀別人的流浪之旅，自己也默默在展開一次旅程，我感恩也珍惜。

頭吹乾，書看完幾章，我走到小餐館吃午餐。那家小餐館不大，兩行卡位，外面有個小露台。我常吃香蕉班戟，就是尼泊爾式的一大塊面粉，上面有幾片香蕉再加點蜜糖，沒有捲好的。再點一杯熱檸檬茶，才十塊港幣。有時候會吃 Momo，就是我們說的餃子，有雞肉、羊肉、菜、水牛，有蒸的和炸的。每次我點 Fried Chicken Momo，

侍應生都會說「炸的要等半小時呢」，我猜是炸的比蒸的烹調方式麻煩，所以刻意說成時間很長。但是我每次都會等，才十分鐘，我的 Fried Momo 就來了。

有次在餐廳，有個穿恤衫西褲子，看上去很整潔的尼泊爾男子不斷的在搭訕，說著哪裡好玩哪裡好去。我有的沒的回答他，直到我結帳離去，他馬上跟著來。從杜巴走到 Thamel 兩公里，一直在說叫我跟他去哪哪哪，我很友善地告訴他我只想自己逛。後來有輛電單車在路上匆忙駛過，污水往上濺，他替我擋了一下，白色鞋子與恤衫都髒了。

是的，見況如此，我跟他去吃了一個下午茶。

又有次我去了巴克塔普爾，是曾經的國都，神殿、廟宇、佛塔隨處可見，有相當規模的古建築群。人們在廣場上放空、聊天、叫賣、小孩子跑跑跳跳，好不熱鬧。

我在回加都的車子上，有一個尼泊爾男也在搭訕，在一小時的車程上一直在說我沒有很聽得懂的英語。下車後我示意我先走了，不知道他裝不懂還是真不懂，也一直在跟。我走到人煙熱鬧的菜市場，一檔檔滿滿商品的家用店、麵包店、賣肉、賣菜的、賣香料的，只想找一個彎拐進去就擺脫他。當然我沒有本地人那麼熟悉地形，拐彎又在下一條街看見他，失敗了。

他開口想請我一起去吃晚餐，我拒絕說累了想回去休息。

"Hey, girl, I go to your hotel."

"I live in a dormitory, lots of people in a room."

"Then I rent a hotel room, let's come and sleep."

是的，聽到這裡，我終於沒有不好意思要走的感覺，頭也不回地奔跑，跑回旅館門口再回頭看，確實他沒有跟來，心裡鬆了一口氣，回旅館休息。

安筆

安筆是一個香港朋友在加德滿都介紹我認識的，見面那天一起吃飯，後來香港朋友都走了，我跟安筆就待在同一個旅館一段日子。

安筆是浙江人，大塊頭，在國內是拳擊教練，偶爾打打擂台比賽。他大學畢業後就投身拳擊界，一直好幾年。後來到了新疆一年，西藏三個月，再陸路到尼泊爾，一年只有兩、三星期在家。

安筆住在旅館頂樓的小閣樓，我住在三樓的樓梯轉角位，每天他出門前都會敲我的門，問要不要一起出去。閒時會到小餐廳吃飯，他都吃很快，還會在你的餐碟上不斷地夾東西吃。難聽一點是沒禮貌，但我覺得是率性也無傷大雅，每次都笑說這個組合太好了，我吃量不多，他吃量太大，幫我吃一半就不用浪費食物。

偶爾在小茶館會碰到樣子像小混混的人，他們都會走過來逗我們要不要大麻、甚麼奇怪東西，安筆每次都會擺出一副要保護我們倆的樣子，很兇地拒絕並且打發他們離開。我說：「不用那麼緊張啦，都是做生意討飯吃」，他說「人在外，時常都要提高警覺，萬一發生甚麼意外就不好了，幸好你跟我一起，有甚麼我都可以用拳頭」。

雖然我還是覺得他過份緊張，但總是安心。

有天晚上，我去了他房間聊天，他在畫畫，用鉛筆素描人像，他說除了拳擊就喜歡畫畫。翻開畫本給我看他畫的人像，有男的、女的、少女、婦人，不知道是誰但很有神髓，又會隨意撿起蘋果，甚麼都畫一頓。

停電了，點起燭光，在閣樓和屋頂中間的層木，常常都聽到老鼠在叫在跑，鑽來鑽去，房間都有老鼠味道。我問他要不要轉房間，他說這閣樓便宜又大也安靜，身上只剩錢二千，還不想回去，多撐一會。

對的，這種心情我最理解。我又何嘗不是省最多的錢，走更長的路？

隔天安筆來敲我房門，我睡死了沒回他，他很焦急不斷再拍，「小明小明，你在嗎？回答我一下。」我驚醒了打開門，他樣子都失措了，「你知道嗎？我不想跟我一起待的小伙伴有危險，我有責任去照顧好每一個人」，也許因為他是家裡的長子吧。

後來幾天，我要去博卡拉，安筆一早就來要送我到車站，我堅持不用送行，那是世界上最傷感的事。轉頭他已經幫我背好背包。「來吧，下次你回加都我都不知道回去了沒有」。心頭很暖，一起大步大步地往車站走。

我家裡沒有哥哥，才發現這個哥哥太讓人依依不捨。

我跳上車，說「安筆，回頭見吧！」

香港爬山四人組

有天我在博卡拉找住宿，隨意進了一所看上去很地道的小民宿，跟隨職員走上樓去看房間，他問我從何處來，我說"I'm from Hong Kong"，看完房間滿意，就跟職員說我明天就搬來。

往樓梯下去，是樓層的走廊，都有公共空間，我看到有四個男的坐著，三個聊天，一個在看書。離家太久，對華人樣子與繁體字特別敏感，直覺告訴我他們有可能也是香港人，仔細一看，其中一個男的T恤上寫著「浸大社工」。

心裡太喜悅，也是讀社工的，也許年紀差不多，肯定有共同朋友或聽說過。

太興奮就走前，「喂，你們都是香港人？」

大家互望了一下，「對呀，其實剛才已經聽到你

說 I am from Hong Kong，但不好意思打招呼。」

「天呀！甚麼不好意思！在外的人相遇可是緣份，還是在尼泊爾呢，如果我今天不是來找住宿，不是這個時間，而你們又剛好不在房間，而是坐在走廊，那我們就不會遇到啦！害甚麼羞。」

相認以後，我跟煒、昌，Jim 和 Monki 去吃大餐。

吃甚麼好？當然是西餐。雖然在博卡拉算是高消費，但對住在香港的我們來說，幾十塊錢一大份可是便宜。我們每人點了一點豬、牛扒，邊看球賽邊聊天。

我笑說：「為甚麼你們頭髮都剪得那麼短，差不多光頭了。」

Jim 說：「我們是四師徒，先去雲南四川，再到西藏取經，再來尼泊爾爬雪山，都是長征，當然要把頭髮剪掉。」

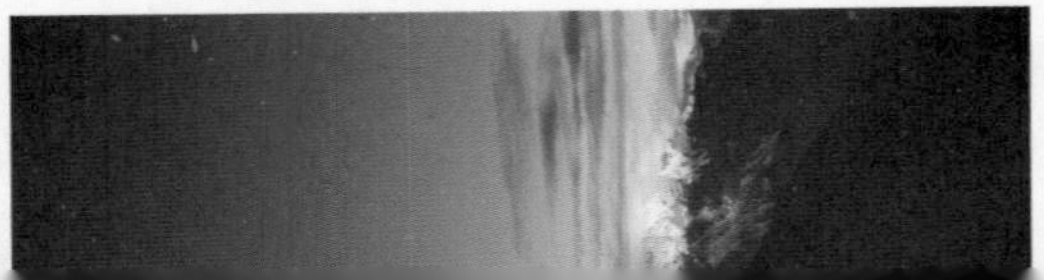

煒加插了一句：「你看，Monki 剪得最短，他好像也後悔了。」

我安慰他：「很清爽啊，頭髮嘛，轉眼就生回來了。」

昌突然問：「小明，你為甚麼這樣瘦？」

我笑：「從來就瘦，出來了都沒甚麼好吃，尼泊爾的菜都是少肉的，比如說點一份炒肉飯，只有肉碎，很少有一大塊。如果吃扒餐呢，對我來說太貴，多省點錢嘛。有次我也在這餐廳吃肉碎飯，旁邊有一個中國大叔叫雷哥，他走過來一起坐，說了一句『來，我請你吃肉，下次你請我吃素。』結果那天吃了一大頓。後來那天我請他吃沙拉。」

我接著說：「又有一次，在一家酒吧我獨個在喝果汁，主要是想聽樂隊唱歌，旁邊坐著四個中國工程師，他們來博卡拉修路修水道。突然叫侍應拿了一個餐牌來叫我點菜，中國人總是好客。雖然那頓飯後就沒見過了，但總是恩情。」

昌問我還有甚麼經歷？我記得有一天在有紅燈籠的中菜館吃米粉，思鄉嘛，吃完想跟門口的燈籠自拍，跑來跑去去按快門，十秒內又跑回燈籠旁。裡面有一個看不順眼的中國男生跑過來幫我，細聊下原來是來這裡幫客人拍婚照。吃完飯他帶了我去神秘的山頭，有羊、有牛、有湖泊，太寫意地渡過了一個下午。

煒：「那你跟他們還有聯繫嗎？」

我說：「沒有，就像有次爬完山在山頂，已經筋疲力盡，跟同行的三個西班牙，法國和烏茲別克男生一起搭船回去。一起爬了一座山、乘了一趟船，沒有留下聯絡方法，有緣再見。」

「但我們呢，都住在香港，簡單多了，回去也可以再見。」

晚飯過後，他們送我回去，明天他們就要去爬雪山 ABC 了，就是十天路線的安娜普娜基地營，我笑著回頭：「一切平安，回頭見！」

Wish You Were Here

尼泊爾是我長途旅行的第二個地方，高山湖泊，偶爾還可見雪山，如此接近天。每天也在博卡拉的湖泊拐，想家時就去門口掛著紅燈籠的中菜館吃飯，球鞋被偷就穿拖鞋去闖白塔頂，山泥傾瀉封了塔折返搭船也滿足，太高太遠的看著這地。

回到加都小巷轉大路，亂中有序不及印度髒亂也有感覺，古老殘舊的中流砥柱，黑暗餐廳與矮小商店，沉悶就跟在拉薩認識的她去小酒吧喝酒，彈結他的尼泊爾人與昏暗又似光的色調，我沒有迷醉但感覺歲月久遠，晃眼就兩個月。

那時常聽 Pink Floyd 的《Wish You Were Here》。在寂靜跟落寞的日子裡總希望有誰，卻又想著自由的在日子裡流連，我忘返。往後我沒有一個人，有時候又一個人。

在外就是Wish you were here，一直也但願你在這。

用手抓飯吃的俄羅斯男生

離開了博卡拉，我回到加都。

有天推開房門，看到對面房有一個用紗布包著手掌的男生在收拾。我上前看，他剛從醫院回來，縫了好幾針，是用刀磨佛像時弄傷的。

他在房間裡播著 Eddie Vedder 的《Society》，說喜歡《Into The Wild》，拿出家鄉照，是一片淨藍的海與幾度日光。他說曾在家鄉附近的克里米亞的森林住上幾個月，沒電視、沒電話、沒網絡，只有自己，一切回歸原始。

他也在印度待過七年，來來去去，回去數月探望母親又出來。他滿手刺青，右邊肩膊上刺有日本前度女友。

他一邊收拾一邊說，他說旅館老闆不滿他每天晚上都凌晨回去，身上滿是大麻味道，就趕他走。

看他行裝簡單，一枝斷了弦的木結他，一個背包，住到哪裡都擺放自己的小寺廟，印度教總神的照片、佛珠、家鄉照、書本。每次把東西放進背包都吻一下，小心藏好。他說他一生都在Packing，沒有家等他回去，便處處是家。每次收拾都是珍重與捨棄的過程，把不要的都掉棄才明白一直在身旁的有多重要。

收拾好，他背好背包，問我要不要跟他一起去找旅館，我看他手傷了，伸手接過他的結他與小袋子，走到前台 Check out，老闆看他不順眼，收好錢就打發他走，瞄了我一眼好像我也是同黨的樣子。

我跟他說「沒有大不了，總有容身之所」，他一副輕鬆的樣子，沒有把事情放在心上。

走出杜巴廣場，拐彎在我平常打躉的小餐館樓上找了住宿，進去他問老闆多少錢一個房間。

「700 盧比。」

「400 盧比，我馬上住。」

「不不不，600 盧比！」

「行了，500 盧比，給我鎖鑰。」

他講價手法純熟，不消一分鐘把事處理好，不愧是走了多年的旅人。

放下行李，我們去吃午飯。他吃素的，旅館出來直走，經過黑漆的小巷子與菜市場，到了很地道的餐廳，當地人都在看著我們。

他以流利的印度語點菜，我吃Butter naan和咖喱，還在小心翼翼用兩根指頭撕開薄餅時，他已經用十隻手指以薄餅包起薯仔和飯，再沾點咖喱汁吃著，把碟子都沾乾淨，毫無痕跡。我問他是否每餐都吃乾淨，他只說了一句 "I respect food."

後來幾天閒著，我都有去找他，他在彈結他，彈著一首最喜歡的。

"Don't worry 'bout a thing, 'cause every little thing gonna be all right.

Dont worry 'bout a thing, 'cause every little thing gonna be all right!"

是 Bob Marley 的《Three Little Birds》。

坐在窗子前，即席唱了一些詞，彈了一首臨時作的旋律。

"We met in Kathmandu, Kathmandu. We are sitting

here, nothing to do, with a chair, the window is just like a big TV, TV, life is amazing."

我們相處時沒有說太多，雖然大家都已經很努力理解，但總有不對嘴的時候，那是跟其他國家的朋友相處時最正常不過的事。但每次我不明白他的話，他都沒有再說下去，只是會喊我的名字，Ming，再露出白牙齒微笑。

我喜歡他唱歌，他也喜歡我播的 Russian Red 和 The XX，問我可不可以電郵那些歌給他。除了結他與音樂，我們大多時間都相視而笑。在路上遇到過不少處處為家的人，想到這裡，除了想家，也記起去年中秋我在暹粒，今年在尼泊爾，原來已經兩年沒有回家過節了。

後來幾天我都生病，病好了才去旅館找他，老闆說 Govinda 已經走了。

對了，他叫 Govinda，那個用十根指頭吃飯的俄羅斯男生，那個教會我尊重食物、心在那裡便處處是家的男生。

遇賢

離開了杜巴廣場附近的 Hotel Sugat，我又回到 Thamel 找住宿，找到在巷子邊的 Bodhi Inn。走進去，老闆是一個中國女人，她正在吩咐職員做甚麼甚麼，又叫他們看好旅館，自己要去學尼泊爾語了。

我住在五人間的 Dormitory，放好背包，房間裡沒人，就走出去。

在隔壁的單人房，我聽到鋼豎琴的聲音，就是一個放在嘴裡撥，會發出「叮叮」聲音的小樂器。那男的一直在玩豎琴，一直把背包裡的東西拿出來放好。把鞋子齊整放在床邊，翻開墊子鋪在地上，不趕不忙，坐下捲煙。

他叫遇賢。

遇賢，台灣男生，見到我那天已經走了好大半年，先印度半年再來尼泊爾。

他見到我，說國語的，笑了一下，帶我上天台。這裡的天台看不到杜巴廣場，也沒小攤檔的熱鬧人群。看出去卻是尼泊爾民居的生活。隱約看到了別戶人家的天井，婦女們在早上把洗淨的衣服往天台掛，小孩在捉迷藏，大人蹲在地上聊天，無憂的一個早上。

數天後，我跟遇賢去尼泊爾簽證中心辦簽證，剛好大家的簽證快滿一個月，要去續簽，我們都二話不說的續簽一個月，覺得這個地方值得待更久。在簽證中心你會遇到各種人，來加都做生意開民宿的中國人、來探親的台灣人、嫁了過來的越南人、來尼泊爾踢足球，成了尼泊爾國家隊的非洲人。他們都在滔滔不絕地向其他人說著自己來異鄉的生活點滴。

那個非洲人一直在跟我們說他的故事，有趣的、無聊的。要了臉書，要了電話，要了電郵，最後好像捨不得走要一起回去的樣子。後來在臉書不斷的 "Hi, Hi, Hi , you are so beautiful. Let's have a dinner." 我真心覺得太騷擾了，開始時有的沒的回答他，後來索性不回。

誰知道有天在加都街頭又碰到他，他第一句就責怪我沒有理會他，我隨便說了句最近心情不好就走了。是的，對於不斷打擾的人真的不需要太禮貌，免得為難自己。

辦完簽證，跟遇賢去喝咖啡。

那天是我幾個月來說話最舒暢的一天，在外的人都特別關心對方的心情、情緒、生理和心理狀態。我們都聊自出門後的心情如何，情緒穩定嗎，內心夠不夠強大；也聊去印度的事，其實我是有點焦慮跟緊張的，畢竟想像是有點難。很多人都問我自己出門不怕嗎、很勇敢，老實說，那時憂鬱底的我常常感孤獨，曾經抑鬱症，有很長時間白天讀書也在社區中心實習，處理一些區內老人與婦女群體的議題，晚上在酒吧工作，每天落差很

大，再面對海量的功課至畢業，不用休息，沒時間去想事情。

直到現在常面對離別小伙伴的失落，把自己置身於一個沒有計劃的未知當中，背著背包走過陌生的地方，不知道的人和事，有時候會淚兩行不知道自己做甚麼，沒有動力再往前行，然後再獨自好好處理情緒。這些事情都要不斷練習，不容易。

經過數個月的練習，內心已經慢慢強大，努力堅持自己想要的事情。都說了，克服完最困難的出發跟內心的情緒，也就可以繼續走在路上。其實一個人遠行不容易，但我知道可以變得更輕巧，在不斷放下跟重拾的過程中，堅強地走過更多的道路。

遇賢呢？他一向少說自己，但那天鮮有地說自己的事。他說以前在台灣的一家公司做跑腿的工作，每天營營役役，就這樣過了好幾年。有天隨想，要來點生活上的衝擊，就跟女朋友和一個朋友跑了趟印度，後來大家有點不合就分開了。他自己再到了尼泊爾，直到遇到我。

那天，我們聊了很久，惺惺相惜，我自己也反思了很多。

好幾天過去，踏入九月份，加都天氣轉涼，我還是衣丁單薄。有天遇賢來找我，送我一條尼泊爾羊毛的藍色圍巾，他記得我喜歡藍色。我戴上圍巾，找到安筆，三個人一起去吃中餐。我們仨很興奮地搭著肩膊，安筆大叫「我們要去吃小菜了那！」那家中國餐館是我們每次思念家鄉食物的必去之地，都點土豆炒肉絲、家常豆腐，再來三碗白飯任裝，所以吃量大的安筆特別喜歡。

廚子是尼泊爾人卻會說一點點國語，他會一邊炒一邊大叫「炒炒炒肉絲」、「再來一個紅紅紅燒豆腐」，「炒」跟「紅燒」說得特別起勁有霸氣，還沒吃就感受到很有鑊氣，不鹹不淡的國語還有對炒菜的熱情把整家餐館的人都逗樂了。

飯後遇賢都會拿兩個外賣盒子，把隔壁吃不下的菜包好，走到街上找流浪狗。他都知道狗會在甚麼時候、甚麼地方出沒。我跟著去，見到有幾個在街上玩泥沙的街童，遇賢不知道在哪掏出一盒顏色筆送給他們，他們都興高采烈團團圈，拐個彎跑走了。

待了兩個月後，有天我告訴遇賢我要回香港參與雨傘運動了，他聽完跑去圍巾店，買了好幾條圍巾塞進我的手，跟我說一條給媽媽、外公、姐姐，另外兩條送朋友。

離開那天我抱了抱他。在往後的兩年旅行當中，我重遇了很多小伙伴，就是沒再見到遇賢，只知道他一直沒有回家，在尼泊爾，印度和斯里蘭卡流浪著。

緣份沒到，在路上遇到過的恩情，就是圍巾在，也一直在。

化焦慮為行動

二零一四年九月正值雨傘運動，九月二十六日學聯與學民思潮重奪公民廣場，多名學生被捕，包括我姐。那數天我輾轉反側確是睡不著，機不離手的不斷擦臉書，更新最新消息，心裡焦急如焚。

後來跟香港友人聊，想著可以做點甚麼去聲援香港學生（那時還普遍認為是罷課的延續，被媒體稱為學生運動，後來才全面被稱為全民運動），他建議我寫上標語，走到街上予遊人或當地人講解香港正在發生的事，帶著標語拍照也是一種支持。

我走到旅館大堂向職員拿了幾張白紙，自己在房間寫起橫額標語，我想如何可以以精警一句表達事件又能給予學生一點支持，最後以紅色筆寫上「Support Students in Hong Kong for Democracy」，心裡默唸了一遍英語版的香港形勢便走在街上。

那時心裡忐忑，我在想「人們為何要聽我長篇大論？」「會有人關心香港正在發生的事嗎？」但我告訴自己，在房間焦急翻側也沒用，外出做一點事情，引起數人關注、知道事件也不是白做。

走出房門，我看到一個尼泊爾男人在畫牆，畫著佛與樹和一些尼泊爾的寺廟，耳朵塞著耳機聽歌，沒有看到我。我怯，也在猶疑應不應該打擾他，心想不應該錯過機會，就由這男子開始說起吧。

我拍拍他，以簡單易明的英語大概說道：「你好，我是香港的學生，正在尼泊爾旅行，但這星期在香港發生的事情讓我很不安，現在我想跟你說一下，希望你聽完可以拍張相以示支持。可以嗎？」

他回我：「我英語不太好，你說簡單一點。」

我再用簡單的用詞說：「香港的學生因爭取民主、雙普選、一人一票選特首，發起罷課的集會，後來演變成一場佔領行動，香港政府為了驅趕學

生就發了胡椒噴霧和催淚彈，但是他們沒有害怕，離開了又回去，還在佔領區。」

男子問：「那現在情況如何？」

我回：「大概是兩方僵持的局面，每天的形勢都千變萬化，你可以拿著這個標語拍張照，我放上臉書當作是支持他們的一種方式嗎？」

男子點點頭，眼神流露出一絲憐憫，拿起我寫的白紙標語拍了一張照，我心存感激，跟他握手，就走下樓去找別的人。

到了旅館大堂，我在招待櫃台看到兩個尼泊爾籍的職員，走上前說了同一番話，他們點頭想了一陣子，回我說：「我們這裡的老闆是中國人，她不喜歡我們跟政治方面的東西有接觸，你找別人吧。」我點頭道謝走出旅館。

在 Thamel 的大街上，到處都是尼泊爾商人與遊人，走進大路，看到兩個外國女人坐在地上聊天，我走前，她們遠遠已經要手擰頭的拒絕，我猜她們以為我是要招攬生意的人。我多走前兩步示意，第一句已經說 "Hello, I am a student from Hong Kong." 她們聽到我是學生就停下來聽完我的話，最後很爽快地回我 "Of course, we support Hong Kong students! Let's take a photo, not a big deal." 我心裡暢快，原來這也是可行的。

後來我在大街上又找了十數人，有西班牙女生二人組、英國和加拿大的獨遊女生、美國大叔、尼泊爾本地的店主和守衛，也有香港的港龍航空空少。

後來回想，在滿是街販叫賣、店裡掛滿牛鬼蛇神面具、處處販賣大麻的舊城區裡，想上前跟陌生人搭訕也是件不容易的事。所以有了第一次經驗後，接下來的人我都會先說 "Hello, I am a student from Hong Kong." 是的，無可否認，學生給人的印象確實最純真善良，任誰也會花好幾分鐘聽完你的話。

收集完打氣，我找了一家 WiFi 訊號還好的茶館，點了 Chicken Momo，把照片都上載到臉書，照片旁也有他們的名。

那幾天也一直在翻香港的消息，生於斯長於斯，心始終安定不下來。

錯過航班

兩天後，我訂好機票，把身上的盧比都花光了，坐車去機場準備離開。Check in 時航空公司職員告訴我航班上沒有我的名字，原來票沒有訂好，我心焦急，錢都花光了，心情又準備好再回去了，那個時候是真的想家。旅途上都沒有大哭過，結果我就坐在候機椅子上大哭起來，機場小，引來了一群人的圍觀。

冷靜下來，我再用手機訂明天的票，默念一遍：「中國東方航空，十月二日，中午，加德滿都到廣州白雲機場。」

打聽下再找到了中國東方航空駐尼泊爾的辦公室，就在機場旁的大樓，我走進去把手機給職員看，確定一下是否訂好了航班。中國籍的經理看我雙眼通紅，點點頭說確認了，也說開車載我回Thamel。

走出大廈，經過停車場，我跳上他的車，是一部黑色的七人公司車。

我問他是不是住這裡，他說是公司派他來做航線的經理，一待就是兩、三年，包吃，住和車子。家裡有妻子與女兒，放假就回去。雖然時常想念，但為了糊口的工作沒法子。

他問我一個人來幹嗎？我說是畢業旅行，待了四個月，本有下一站的，但心緒不寧，要回香港參與佔中。對於佔中，他沒過問，只說如果我是他女兒，身為父母，肯定擔心死。這時想起家裡和局勢，心有餘悸也焦急。

下車了，他把一千盧比塞進我手，叮嚀我好好吃一頓晚飯，睡一覺明天再去機場。

「小姑娘，人在外，自己小心。」

「謝謝你，祝你工作順利！」我回頭大叫。

第二天早上，我早早起床，跟之前在拉薩認識的中國伙伴C去小酒店吃了個西式早餐，麵包跟橙汁，道別後就去了機場。

到了航空公司前台Check in，興奮遞上護照，安心等候。

「小姐，沒有你的名字。」

我瞪大眼睛，「甚麼？沒可能！我昨天明明跟你們經理確認了一下，你再找找看，麻煩你。」

「小姐，真的沒有。麻煩你查清楚。」

對的，還是沒有訂好，我沒有找出原因，手機沒網絡也撥打不了，反正就是訂不到。結果，再一次我坐上同一張椅子上哭起來，心裡不明白為何如此簡單的事就是辦不好，當然也引來一群人圍觀。

有一個尼泊爾男人走過來，穿著機場制服，大概是員工。他遞上三百盧比，跟的士司機砍了很久

價，終於說服了司機把我送回 Thamel。

那一刻我根本不知道自己在幹嗎。跳上的士，跟男人道謝。

我回旅館找C，C看見我又回去，沒有甚麼驚奇，心想大概又是糊塗訂不到票了吧。

那天晚上我住在她的房間，我們一起收拾行李。她呼一口氣，把我的跟她的機票也訂好，我去廣州白雲，她去成都雙流。她訂的，我安心，大家都睡了一覺好的。

第二天，我們又一起去吃早餐，扣除坐車去機場和繳清了房費的錢，只有一百盧比（大概港幣十三塊）。走進巷子裡的成都餐館，是自助形式的中式早餐。算好了，只夠我們每人一碗白粥，兩人分一個油條。

店小二走過來結帳，笑著收了九十盧比，回頭多送一個油條，一人一條。

坐車到了機場，我們都緊張，我手發抖，在外抽了一根煙。

緩緩走到櫃台，遞上護照。

「小姐，請把行李放在磅上量一下」，我們都鬆一口氣，相視笑了起來，很大聲地笑了好一陣子。

過了關查完機票，我看到昨天幫我付車費的尼泊爾男人，我作狀地揮動我的護照，示意我成功上飛機了。他舉起大拇指，祝我好運。

後來回想起來，如果我身上有錢，一定會還他，畢竟三百盧比對他們來說應該不是小錢。

我跟C走進抽煙室，那份緊張是在抽這根煙開始才安定下來。坐著，旁邊都是尼泊爾人、中國人，對面是個滿手彩色刺青的啡髮外國人，他在聽音樂。抽整根煙都在看著我們，我跟C也在討論他在看甚麼，頓時少女情懷地推讓，「他在看你」「才不是，在看你」「你頭髮長，他喜歡」「別說笑」。

抽完煙我們推門離去，去完洗手間就檢查行李。檢查完畢，職員無端塞我一張紙條，說是受托交給我。回頭看，是剛才那個人，隔著一條運輸帶與門。大家也笑，揮手而去，消失在人群之中。

上了飛機，翻開紙張。

"Hi, Sorry, but when I saw you, some good songs happened in my mind, eyes and soul! You are very beautiful, if you can email me by xxxxxx@gmail.com"

心裡笑著這是中學時代，誰暗戀誰，把寫好的紙條偷偷塞進誰的筆盒，會心微笑。也回想這三天在機場的遭遇，感恩遇到有心人。

都說了，如果想做一件事情，你會發現全世界都在幫忙你，雖然人在外，但有人的地方就有人情冷暖。這些都只能在旅途中慢慢發掘。

有時候，
最美的東西不在於景點，
而是拐在小民居的日常。

HOTEL

RESTAURANT

càfê
RUNAM
ORIGINALLY FROM
VIETNAM

第三章
坐長途車之始——越南

自越南起，我陸路跨了四國
不慌不忙
在車子上掠過的風景都是人文與情感
走在邊境才看到最神秘的地理邊境
瀟灑自在
我不介意何時到終點

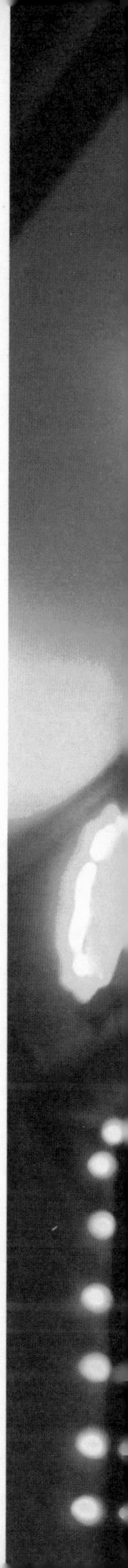

坐大巴到越南

在香港待了三個月，早上打工，晚上去旺角和金鐘佔領，在佔領區又重遇了在拉薩和尼泊爾認識的香港小伙伴。對，世界太小了，只要有緣份，誰說重遇是不可能的？

佔領結束了，大家都高舉 "We will be back"，對很多人來說，好像發了一場夢，夢醒了，東西也毀了，但心不死。後來又出現了很多傘後組織，有關社區的、政策的，就是從不同方式再去實現夢想。

我心裡想我也要回去了。

對的。打工儲完一筆錢，跟親人朋友短聚了，我又踏上路途。

六國之旅是以越南始至印度作結，嘗試能走陸路便陸路，感受光影轉逝的瞬間。

一月一日晚上六時，我在羅湖買了前往廣西南寧的大巴票，床有點窄但可以躺已經很舒適。中途站會有乘客上車，很吵醒來，外面太冷睡不好，坐了十二小時，早上六時天未亮司機大叫下車，我鞋子也沒穿好，就赤腳被掉在馬路旁。

我下車，都是黑漆漆。其實我也不知道要去哪。

見到同車下來的人，都是背著電視機、電飯煲、各式各樣的傢具。一看就是從深圳打工、帶很多東西回家鄉的民工。我問他們越南要怎麼去，他們吃驚，「越南？哪有人這樣去，你問問別人吧」，拋下一句，就匆忙去趕另一班車。

我在原地，放好背包，把鞋子穿好。

又黑又冷就跳上計程車，司機載我到火車站附近的「南寧國際旅遊集散中心」，買了一張從南寧到河內的車票。早上八時二十分發車，大約三小時後到中越友誼關。經過一輪走來走去的過關安檢，再乘六小時便到達河內了。

司機大哥還是路上的人都問我，為何不搭三小時

高鐵到南寧又或者在香港直接飛過去，機票不貴，只是個多小時。我說我最多是時間，可以以雙腳走過一國與一國邊境可說是份外珍貴的事。

車開到了中國與越南邊境，於國土上而言那是兩國的勢力範圍，但地理上卻是一片連連土地與山谷，如果沒有劃分國界，那是一體的大地。而身在邊境那段路，總是神秘，有點時空交錯。轉身回望是家鄉出發地，那個我來的地方，而遠望則是另一國，那個總有無限想像與可能性的探險之地。

縱使背包很重，但心情豁然開朗，往前大步走，漫長旅程便自我經中越友誼關、踏入越南展開，開始好好記下路上的緣份。

而我相信，多年之後，看著世界地圖想起那些年走過的陸路，雙腳如何輕巧卻又踏實地走過那段路，感覺永遠長青。

越南日常

下車後，背著背包在河內亂逛找住宿。走進了橫街雜巷的背包客旅館，在前台問資訊時，已經有好幾個外國人走來搭嘴說這裡好自由也好好玩，推薦我入住。

環顧四周，大堂有酒吧和公共空間。根據經驗，一個好的公共空間，就是可以閒坐、看書、工作、喝酒、抽煙，所有有趣的事也可以發生。在良好氣氛的感覺下，我入住好幾天了。

住進了一房八人的多人間，全是外國人，男的女的、結伴的、獨遊的。好些是騎著摩托車從河內到胡志明，也有從南到北，就是胡志明出發，經過會安、美奈等到河內。好些會參加 Secret island party，半夜喝至爛醉回來，嘈吵但自由。

記得在加都那個旅館，晚上十二點就關門，老闆會問去了哪、下次早點回來。如果外出也要守如斯規矩，誰稀罕，搬走就好。

在還劍區附近的三十六老街亂逛，像迷宮，但沿著湖邊和大教堂走總不會迷路。雖然聖誕已過，但這裡聖誕氣氛濃厚，路旁很多小 Cafe、酒吧、精品酒店，當中也保留了很多地道小吃店，在後巷的小膠椅坐，混著人與車吃碗越南河粉。

初到步對於單位有五個零的越南盾還覺混亂，後來發現這裡的人會省去三個零，三萬盾一碗河粉就索性說"Thirty"或者「30K」。

在這裡任誰都成了百萬富翁。

有次去兌錢，跟店員聊起來，有的沒的說著住哪、旅程多久。後來她發現多兌我兩百萬，幸好我說過我住哪，她就憑著依稀記憶找到"Backpacker Hostel"。坐在大堂等了兩小時終於見到我，走上前滔滔不絕的說，眼神像哀求我把錢還她，大概是焦急與害怕了好幾個小時。

我安慰她沒事了，也理所當然地把錢還她，她感動地抱了抱我，騎摩托車揮手而去。

英國老師

在胡志明范五老街附近的公園閒坐，有個英國男人走過來"Can you speak in English?"我回他我是香港人，我會英語。

原來Michael是個來越南教了三個月英語的老師，以為我是越南人，想教我英語。他說自己課後會在公園跟越南人聊天，有些不懂英語，但老師會嘗試跟他們交流，從中教學。久而久之，他組成了一群「學生團」，閒時就會聚在公園以英語閒聊與學習。

老師問我晚上有甚麼節目，邀請我與他們飯聚。

回到范五老街，老師帶我拐了九曲十三彎，來到一家印度餐館。老師走到一桌子坐下，同桌有三個越南人，一個小妹頭和一對夫妻，我就知道大家都是老師的學生，包括我在內。

剛坐下，大家已經滔滔不絕，好像明天就是世界末日又或者好久沒見的樣子。細聽下，原來老師明天便要回英國，也就是說這個三個月的互助小組要結束了。

我好奇一問"Where did you meet Michael?"

妹頭有點害羞地在老師前面說起英語"One Day, I walked in the park, he came to talk with me and teach me English."老師在她話後糾正了少許英語，但顯然大家對"Park"這個字很熟悉，互視後哈哈大笑起來。

除了妹頭，那對夫妻也是飯後在公園閒逛時認識老師的，丈夫從事IT行業，一星期只有周末在河內，而妻子則懷孕八月，周末才與丈夫短聚。

席間大家用英語聊天時也感害羞，但老師仍然會拿出本子寫出正確語法去糾正句子，妹頭以笑遮醜，重複唸了好幾遍直到老師滿意為止。

吃完晚飯，大家都拿出了禮物送給老師，擁抱與道別一番。

老土點說句，一日為師終身為師，有誰會想到去公園散步也會碰到老師，而且與他的一班學生吃飯？

老師臨別前也送我們好幾本有關英文文法的書本，最尾頁還寫上句「不要對學習失去好奇心」。是的，在旅途當中，往往抱著好奇心才能遇上更多的事情。

尋找家鄉的蘇格蘭老伯

從北到南，坐過了近五十小時的大巴，終於到達南部。

入住范五老街的多人間，同房有四個年輕美國男女和一個蘇格蘭老伯。

有天早上年輕男女都外出了，老伯向我訴苦，「昨天十時，你還沒回來，我已經想睡覺了，那班年輕人卻高談闊論，大聲地聊天，還買啤酒上來喝，喝至爛醉，還趁你沒回來坐在你的床上。」

我不在場，沒有輕下定論，唯有點頭以示我在聽。

他繼續說，「現在的年輕男女都不守規矩，雖然這是多人間，但也不代表晚上就可以喧嘩，這是對房內住客的最基本尊重吧。」

我看到他既憤怒又失望的表情，也客觀地說出住了多個月多人房的感受，「多人間確是背包客入住的首要選擇，無論價錢與開放的環境都是省錢與結伴的條件，閒時住的酒店除了大堂，整個氣氛都不像是交友、與世界背包客分享的地方。所以青旅的多人間往往是背包客的雲集之地。而且大家來這裡都想結識朋友，面對大家歷程相似時又會感同身受，興奮與滔滔不絕的情況多的是。當然住進多人間最基本的尊重是需要的，就如晚上聊天最好外出、保持廁所清潔、看書開床頭燈而非大燈。其實我也遇過很多自律的背包客啊，長期住在多人間也沒問題，當然有時候想安靜生活就會選擇單人間呢。」

老伯點頭嘆了句「只怪這次不夠運氣」。

轉個話題，我好奇地問老伯為何在這裡。

他翻開背包，拿出舊照，是一位老人與寺廟的黑白照，準備說一個故事。

「我今年六十五歲，父親是緬甸人，母親是蘇格蘭人。照片中的人是我父親，大概是一九四零年間拍的照吧。一直沒與父親多說話，只知道他家鄉在緬甸，在蘇格蘭認識母親後結婚。直到父親去世後，我有段日子很後悔當年沒有認識父親多一點，甚至沒有跟過他回鄉。直到現在退休了，子女也長大了，便拿著退休金來走一趟。」

「六十五歲，自己出來一趟可真不容易。」

他笑了聲，「你可別看少我，我二十歲已經自己駕車去美國了，六十六號公路、芝加哥、伊利諾、密蘇里、堪薩斯、奧克拉荷馬、德克薩斯、新墨西哥、加州，當年有誰不是這樣玩？駕車累了就停下，公路旁大大小小旅館林立，洗澡的洗澡，睡覺的睡覺。第二早起行前去旁邊油站加滿油，餓了隨便停下又有餐館，偶爾會接濟舉起姆指截順風車的流浪漢。駕車快則一月可玩完，放慢腳步的話就是數月，到達終點把車賣掉。」

我看他懷念與憶記時光飛逝歲月的模樣，心裡想著也許多年後我也是這個樣子。

我問他「你到緬甸了嗎？」

他嘴角上的微笑漸消失，滿是鬱結又好像釋懷，「到了，也找到了那個寺廟，我站在那裡，併上照片，是一樣的，原來多年前父親就站在這裡。事過境遷，父親不在，有些事情總是回不去了。」

他說完，關燈，睡覺。

明早一醒來，老伯已經搬走了，好像去了隔壁酒店的單人間，我在胡志明剩下的好幾天，已經再也看不見他的蹤影。

對的，走在不同人海我們相遇又飄像葉子，拾起再隨風散落，輕巧不強求。

第四章
重回的路就像回家——柬埔寨

柬埔寨永遠是我最有情意結的一國
四年前失戀
自己跑到暹粒去
認識了好幾個背包客
聽他們的故事就像走多幾里路
這裡讓我發現甚麼叫無限可能

重回的路就像回家

在胡志明市買了一張往暹粒的巴士票，這是第二次回暹粒，輕鬆自在。

第一次去柬埔寨，是四年前的事。

那年我二十一歲，陷於一段四人關係當中，我很努力也看不見出路，便往外走，去看世界，期望回頭再看，可以領略到這段關係其實也沒甚麼大不了，最好如是。

那時還在大專讀社工系，只是藉著開學前與開學後走堂的日子，拼湊成一個半個月的假期。翻開地圖，不能去太遠又不想到港人旅遊熱門的繁囂與發達城市，就選柬埔寨吳哥，去看那偉大的吳哥微笑，也看人們的純樸。

那時還沒有廉航直達，安排好日子後，幾經轉折，先到新加坡再飛越南，越南再轉到暹粒。機票也不便宜，但我問自己是否需要一個異地假期，是的，那就訂好票，辦好簽證，前後不到兩天，等待出發。

對於吳哥的印象早在中學階段讀周達觀的《真臘風土記》和後來讀到的蔣勳《吳哥之美》，當中提及吳哥的建築與藝術、人們如何生活、古老文化與日常，規模之大、何等宏偉已從文字中感受得到。

還有《花樣年華》最後那幕，吳哥的日光如此和煦，僧侶坐在門框顯得平和，一磚一瓦，一門一柱也工整無比。

周慕雲把屬於蘇麗珍的秘密都留在此，那我也留下一點有關於你的，重新出發。

我記得那年去看過吳哥又往金邊看歷史沉重的殺人場。

抵達那天，我坐上 Tuk Tuk 往市中心去，沿路是樸實人們，開一家小店，店裡沒有賣甚麼，隱約看見是幾包薯片與日用品，一家大小就蹲在門口與雞狗為伴，我沒有問他們快樂與否，只是答案已在心中。

不知為何，我忍不住流淚，也許離開香港後，才能看到這樣容易滿足的事情。

往後兩天，我從暹粒市中心租了一輛一美元的單車，跟著地圖往吳哥遺址騎去，沿途是酒吧街，予遊人消遣之地，再往前開，也是城市。漸漸走進森林一點的道路，拐了彎，經過售票處，買了一張七天入場券，拍張照，笑的，珍而重之。

慢慢向前騎是大片護城河，應該說是湖，水是碧綠，有當地人在划船，小孩在樹上拉著樹根盪秋千再跳進湖，沒空調，最原始高溫三十八度的消暑方法。

走進吳哥大小遺址當中，是輝煌過去與古老歲月。我從外圍走進小吳哥，經過一條很長的石道，石頭之大道路之闊可由十多人並排而行，旁邊是護城河與馬，穿越方壇與迴廊，與石窟的頂尖愈走愈近，看下去是棕櫚樹與一片茂密。

只是遊人太多，後騎過一段，往巴戎寺看高棉的微笑。四十九張於佛塔上的微笑，每張不同，中心屹立的佛塔更象徵宇宙中心，好看也忘了炎熱高溫。

人太多，翻了翻地圖，往吳哥小圈最遠的地方去，應該是班提色瑪寺，好像一個少女的名字。

每騎到一個寺我都問路，他們都說太遠了，天氣熱，就別騎坐 Tuk Tuk，看了看才十多公里，只是有上坡的，太熱就下車推。

沿途是小孩放牛，園子田野，青蔥一大片，多想是年輕日子，無憂煩惱。單車掠過，往目的地，是歲月飛逝無痕，想要也回不到，最終落在一個地方，是美麗的。

班提色瑪寺沒有人，只有一個守門人和一只貓。貓在曬太陽，我沒打擾，坐著吃早上買的麵包。偶爾有一群旅行團的人到訪，還有一兩個打扮看上去像背包客的人。

寺也是宏偉，卻溫柔得驕傲。

夕陽西下，我記起這裡回城市要數小時便歸去。再次經過那一條小村子，每戶畫畫的人家、賣竹子作器皿的人家，穿越鄉郊回到人煙熱鬧的酒吧街。回想起來，那天在班提色瑪寺拍的膠卷照沒沖曬出來，是空白的。

這樣的留白也許是緣份，有天我要重回，就像回家的路。

看了數天建築之宏偉、比例之平衡、線條之流暢、浮雕之細緻，便坐上大巴往金邊去。

在金邊的青年旅館認識了挪威及加拿大旅伴，與剛認識的陌生人一起走的感覺新奇有趣，玩幾天

又各走各的路，不知道來年會否再見，但一起走過的回憶都在心中。臨別時挪威旅伴給我一個擁抱，那擁抱告訴我，旅行的意義不在於去了多少地方，跑了多少景點，而是隨心所欲的做自己，也放開懷抱去認識世界旅人，認識不同國家的歷史，用心看世界。

那次旅途，在往來金邊與暹粒的大巴上，我看到了最美的鄉郊日落，剛巧昨晚夢見逝去外婆，她來看看我一個人在金邊過得好不好，我說很好。那時我在想，希望自己能夠於自身旅途不斷學習成長，成為更好的人，好想好好記著這種感覺，希望日後在香港迷失自我時，也可以重回路上，找到最真實的自己。

就是第一次獨自旅行的經驗太深刻，雖然半個月不長也不短，卻的確改變了日後對於旅行的想法與道路。那時是想去一段長時間的旅行，可以自由自在行走，看了世界多大，才會發現自己的愚昧與無知，才知道地球不為一個人而轉。

走過一地，轉個圈，拐個彎，那些微小的人和事可以記著，但也可以走過原地，走到更遠。

Good Luck, Sister!

從胡志明坐車到柬埔寨，是先到首都金邊，停留四小時，再發車到暹粒，沒有記錯的話，這趟車坐了二十四小時，並非越南旅行社前台小姐說成的十小時。那十四小時的誤差去了哪裡呢？

誰知道，反正這就是坐長途車的定律，把他們說的車程乘以一倍就好。

在暹粒等車的四個小時，我把背包寄存在車站，走出大街去找珍珠奶茶，事緣在車子上掠過見到「貢茶」兩字，對於離開家鄉差不多一個月的我，此時此刻需要步行半小時找回那家貢茶。

沿車站直出，往前面大街走，就只有一條繁華大道，兩旁手機店林立，那天是各大小店做宣傳的日子，門口鋪滿粉色汽球，有小姐穿制服短裙在門口拿起咪，說了一堆我不明白的宣傳口號，客人入店也有一位小姐招待，很是前衛。

除了大小手機店，那條道上我看不到有別家東西。大道轉彎，我終於看到貢茶，走進去花了三美元喝了一杯珍珠奶茶，跟香港的無異，好幸福。喝完趕緊回車站，他們說的四小時，可能早發車，在這裡，沒有準確的四小時，只有提早或延誤。

回到車上，以往經驗是七小時可由金邊到暹粒，滿心期待，快要到家。車子駕得好慢，快到天黑，就是說午夜也到不了暹粒，坐了十多小時車，已經累透，腰板坐不直，只想快點躺上床。

坐在身旁的本地女子看我焦急，不停看錶，主動與我聊天 "Sister, Are you OK?" 我回她 "Yes, I am ok, just a bit tired. I started from Ho Chi Minh, wait for four hours at Phnom Penh and I just want to arrive Siem Reap soon." 她再說 "Ok, sister, I ask driver." 不知為何，身旁坐著個女的，以 Sister 稱呼我，心頭溫暖，想忘掉疲累，唯有繼續睡去，

免得醒來左思右想。

於長途車的搖晃中睡去，可說成舒適，車子去哪就去哪，只管到達目的地，最好是車程長一點，也好做夢。但你會發現腰與肩頸會去到不能再承受重量的地步，醒來頸是歪的、腰是硬的、腿是麻痺的、頭髮開始出油。

車身窄，位置少，捲著睡去，依靠窗邊睡，側身頭靠椅背，姿態換來換去也睡不好。當整個身體開始投訴自身時，我自問為何要省幾百塊的機票錢，而走陸路。

心中滿是埋怨，說服自己這是歷練，又強迫自己去睡。

"Sister, you see!" 旁邊的 Sister 喚醒我，只看到很多人走下車，原來是車子拋錨，要在路邊等個多小時等候下一架大巴來接替。我走下車，抬頭看，滿天是星。除了數月前到大浪西灣露營看到的星外，這天晚上的星是我看過最燦爛的。

身旁的外國人感嘆 "It is a lucky night!" 對的，車子沒有拋錨，也看不到星，長夜還是在搖晃中渡過，是福是禍，說不清，如此小事也是旅行中的美好。

凌晨三時，車子到達，只見大部分旅客都有車子來接，本地人就跳上親友的摩托離開。在車上悶了太久，又多來了一個國家，我背起背包，走出路口，抽根煙。

尾隨很多摩托車司機招手，問我要到甚麼酒店，我不知道，隨手滑著手機，就到這家青旅吧。司機當然不懂路，但也會說 "Yes! Yes! Yes! I know, I know, follow me!" 我覺得既然全世界的司機都是這樣，就隨便上一輛，只想快點到達，好好睡一覺。

在公路上，風大很冷，我在摩托車上以大披肩包著自己。這條灰色披肩是臨行前一位朋友送我的，他說旅途上甚麼也不如它，可睡火車站，在大巴上當作被子，捲成一圈好入眠。果真這條披肩我天天都用上。

旁邊一輛摩托車掠過，是剛才那名本地女子，看上去是她先生來接她，她回頭大叫 "Bye, Good Luck Sister!"

風馳而去，消失在漆黑公路中。

遇見 NANA

凌晨四時才到旅館，司機按鈴喚醒旅館職員，他們睡眼惺忪開了門，安排我到女生多人間。入內看全是滿的，我走到角落的下格床，澡都沒有洗，就昏睡過去。

中午醒來，全部人都走了，就像夢一場。

在越南與暹粒逗留一段日子也沒見到華人，多想念說廣東話與國語的日子。有天我發訊息予第一次來暹粒認識的導遊，問他附近有沒有華人聚居的青旅，他介紹我到「吳哥國際青年旅館」。打聽了青旅在附近，三美金一個床位，就打算明天搬過去。

外出吃完飯，回到房間，突然有一名中國籍女子從洗手間出來，走過來問我是不是中國人，我點頭說我來自香港。

下一秒我們都展示出興奮情緒。是的，正打算搬到華人聚居的旅館交朋友，現在眼前就有一個旅伴了。NANA 也七嘴八舌地說「天啊，我出門也一個月了，英語不好，碰了好多板，到處住也遇不到小伙伴。」

我說「明天可以搬了另外一家，多認識朋友。」

緣份就是這樣，可遇不可求，在你需要的時候，有些事情往往命中註定。

NANA，三十多歲，山東人，在大學教韓國學生中文，閒時會補習多賺錢幫補家計。出來一個月，也是先到越南，再來暹粒，然後就回家了。

第二天，我們一早就搬到「吳哥國際青年旅館」。老闆是中國人，門口已經有很多中文的告示。「歡迎使用支付寶和微信支付」、「十美金三個晚上，

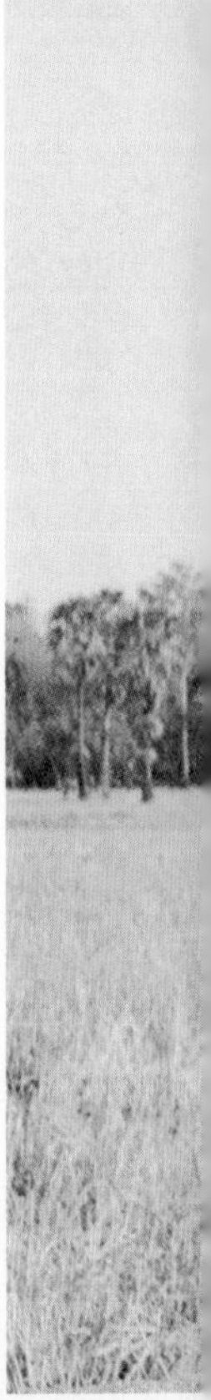

第四天五美金」，所以我猜很多人住夠了三天，第四天就會搬走。

我和 NANA 跟老闆打了招呼，就入住十四人的多人間。目測環境是有點惡劣，一個房間只有一把沾滿塵的風扇，汗味與衣服濕味充斥著整個房間，衣物背包亂放，堆滿了走廊通道。我心裡知道住多人間就是這樣，何況是十四人，我挑了個靠牆的角落，但隔壁就是洗手間，飄來陣陣像是公廁的味道。

既然房間惡劣，就多點時間在外面的交友區，就是公共空間，每家青旅也應該有的地方，不然除了房間，就沒有地方交朋友。

一如所料，在大堂的桌子已經坐著好幾個中國伙伴，大家都在聊拼車到吳哥的事。令我記起在拉薩的平措及東措旅館，大堂總會有個「拼車拼團告示」，不同的朋友就在上面貼告示：「招靠譜男士兩名，拼車到納木措，可即日起行」、「招男子漢性格的女生，不矯情，八月中走三一八國道到大理，九月要回四川」。後來問中國朋友才知道「靠譜」是「正常、可信」，「矯情」是「公主病」，真有意思。也有些是好幾個男的，招一個到數個女的同行，免她們團費，就當作陪伴同行。人生在世，外出旅行難免異性相吸，人之常情。

原來，在吳哥也有這樣拼團，只是都是拼遊吳哥的 Tuk Tuk 團，不是走三一八國道十萬九千里。

我和 NANA 沒有跟他們拼團，怕走馬看花，我們不需要多看幾個，只要專心看好一、兩個。

翌日早上，吃過早餐，我們到市中心租了輛單車，騎單車往吳哥去。就像三年前初次到來，一切如舊。

風和日麗，往吳哥的路沿路青蔥，馬路旁大樹林立，太陽穿過葉子，把大地照得閃閃生輝。NANA 伸手撥過葉子，回頭看我說好久沒有騎單車，好像回到高中時騎單車回校的日子，轉眼二十年。

我們專心看吳哥，也專心聊天。更有緣的是，我們同屬一個生肖，她比我大一轉。那年正是本命年，她說我會有好的事情發生，而她十二年前本來訂好酒席打算結婚，後來臨門一腳婚事掛了，也望十二年後會有好的際遇。

臨別前那天，我們都互相祝福對方這年幸運渡過。

果真，那年年底我們互通消息，我們都要結婚了。

都說了，有些人與事，都是冥冥中的命中註定，強求是不要得，要來也擋不著。

大連胖子

遇見大連胖子那天，天氣好熱，我搬到了日本人開的青旅，沒空調，只有蚊帳，可是蚊帳不能防蚊子。我整個手臂也被蚊子叮得滿是包，一摸下去是凹凹凸凸的，那種感覺至今想起來也打了個抖。

胖子和兩個小伙伴每人帶了一頂越南尖草帽子，也一起住進多人間，我問他們是否從越南一直玩上來，顯然是的。胖子的伙伴待了兩天就走，說吳哥沒甚麼好看，我卻喜歡到不得了。

NANA 離開後，我偶爾與英國男生作伴，坐在河邊每人捧著一個炒麵吃。他說只帶了兩千英鎊出來，走了半年，在印度看見手工藝品太喜歡，花了好多錢，所以現在每天都只能吃一美元的炒麵。後來英國男生認識了一個女的，就搬走了，再也沒有見過他，我又獨處了一段日子，直到遇見胖子。

胖子和我年紀差不多，個性善良，樣子看上去胖的很單純，但可是獨立又有性格的走路人。他在大學修土木工程系，放假所以出來玩好幾個月，下一站老撾。他早買好大巴票要去老撾，我買比他晚一天的，約定了在永珍再會合。

後來我跟伴子一起走了老撾，兩年後又在印度相遇，是至今以來作伴最久的人。

每天都是一種練習

胖子走了，我多待一天，去了刺青。

每到一個我喜歡的國家，我都會刺青留念。自四年前在台灣刺了第一個紀念外婆，後來在泰國刺一個紀念那段歲月的狀態，再到尼泊爾刺青紀念死去的朋友，現在就到柬埔寨了。

其實要刺甚麼，我腦海裡都有概念。每次準備去刺都會想一種感覺，一個圖案或者文字去表達我那時候的狀態，不能亂刺，這是一輩子的事。

每到一地，我都會去打聽有甚麼刺青師，是本地人還是外來人，比如說在暹粒市中心有好幾家，一半是本地人，一半是法國人開的。

追溯歷史，一八六一年，法國生物學家亨利穆奧為了尋找熱帶動物，無意中在原始森林中發現了宏偉又驚人的古廟遺蹟，就是吳哥。兩年後，他在巴黎和倫敦發表了圖文並茂的法文遊記《暹羅柬埔寨寮國諸王國旅行記》，他在〈吳哥窟〉一章寫到「吳哥是古高棉王國的國都，此地廟宇宏偉，遠勝古希臘、羅馬遺留給我們的一切……一見到吳哥的寺剎，人們立刻忘卻旅途的疲勞，喜悅和仰慕之情油然而生，一瞬間猶如從沙漠踏足綠洲、從混沌的蠻荒進入燦爛的文明。」從此之後，很多歐洲人尤其是法國人也慕名而來。

這就解釋了吳哥市中心有好幾家法國人長駐的刺青店，閒時也會有不同國家的師傅來駐場。我登門拜訪了好幾家，法國人開的那兩家忙得不可開交，一個接一個，我看完他們的作品也沒甚麼機會去好好聊想法。

所以我走回住處附近的刺青店。

本地人開的，設備簡潔，沒空調，沒有門，我喜歡這樣，很地道。他看見我，跟我說柬語，以為我是柬埔寨人。出門一個月，在三十多四十度高溫下，每天都出去曬，也難怪樣子像當地人。

我坐下掏出自己畫的圖，是一個由兩個三角形組成的漏斗，中間有月亮和太陽，日月晝夜，成了我的名字。旁邊有一句"Practice throughout the days"，代表年年過去，物轉星移，每天都是一種練習。

刺青師接過圖畫，加以改動，印上水紙，成了我的第四個刺青。

成長的歲月很喜歡陳綺貞，她說每天都是一種練習，練習過後成為更好的人。

我說流浪本身也是一種練習，練習甚麼，練習獨處。自己獨處時才能與自己對話，思考過去與未來，也只有獨處才能與陌生人對話，在他們的生活當中會找到意外的經歷，得到啟發。就像四年前我第一次獨遊吳哥，我在挪威與加拿大旅人身上看到旅行不同的可能性，就是背包走世界的可能性。本來生活在窄小香港，空間感太少，只有

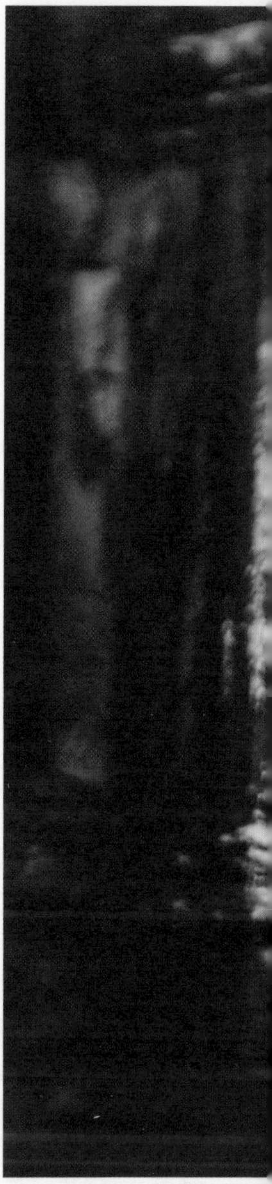

跳出這裡，才會看到無限可能。

練習甚麼，練習獨立與適應。沒訂好住宿只能背著背包走路找住的，背包重量加上尋找過程不是自討苦吃，而是把自己置身於未知當中的適應能力，試想在陌生國度克服困難，所需的勇氣與力量也許比平時多用數倍。

練習甚麼，練習孤獨。自己出來，看上去是一個人，但其實處處是人，只在於你有沒有好奇心，去發掘那些人的存在與故事。人心肉做，走得累了總要交朋友，只要你住進青旅，背包客雲集的地方，全世界的旅人都在等著你。

拉薩的北京東路、加德滿都的 Thamel、博卡拉的湖邊、河內的還劍湖區、胡志明的范五老區、暹粒的酒吧街、金邊的奔夫人區、清邁的四方城、曼谷的拷山路、仰光的唐人街、德里的火車站區，五湖四海，不愁沒旅伴。

最重要的是，在旅行過程中往往會發現人情冷暖，想要做一件事情，全世界也會助你一臂之力。

而旅行中每天也在經歷種種，每天都是一種練習。

這個青刺得正是時候，恍如一種動力讓自己繼續前行。

吳哥如此莊嚴，又如此寧靜，
我知道自己這輩子會重回多遍。

第五章

最悠閒的日子——老撾

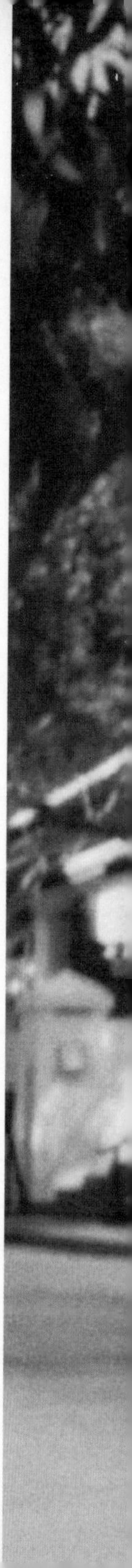

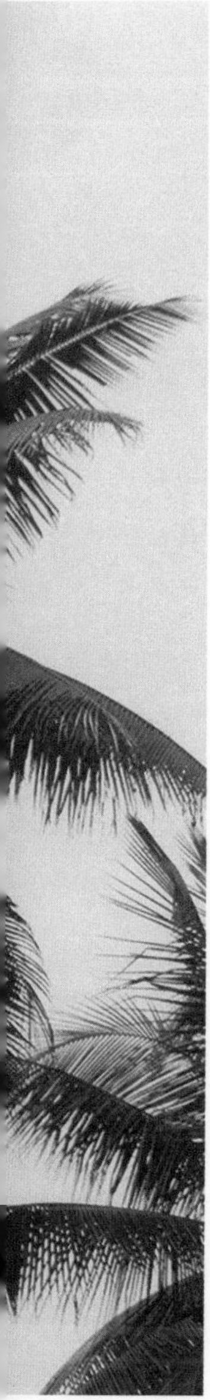

有時候走得累了
就要休息
我在這裡渡過了好些平靜的日子

六百七十公里

永珍，又名萬象，是老撾的首都。從暹粒到永珍，地圖上說是六百七十公里，就是行車九個多小時。

早上發車，我買的是六十美元中巴票，旅行社職員說是快點到達，也少停站的。最後草草叫我上了五十美元的大巴，我拿著票上前理論，職員態度像是上就上，不上就隨便你。

對的，這也是一次很好的經驗，以後也不用買貴票，反正都一樣，背包已經收拾好，也懷著準備離開的心情，這時只好接受無理與奸詐，也許這是當地的一種文化。

車子駛了數小時，來到寨寮邊境，車上大部分都是遊客，魚貫下車，把護照交予邊境人員，在一個休憩地區等待簽證。原來簽證費用也分國家，例如中國三十美元、港澳台是四十五美元、加拿大和歐美是五十美元、韓國免簽十五天，但要十美金蓋章費。韓國朋友跟職員吵了一架，問蓋章費是不是官方設定要付，職員說不付就留在這裡，護照還他們。

不知為何，費用不同就是不同，蓋章費是官方規定還是自己撈油水，沒有解釋。

我乖乖遞上簽證費，等了大概一小時，全車子的人簽證下來了，又繼續以雙腳踏過邊境，就這樣，我又多來了一個國家。

坐了十多小時，晚上才到達百色，要轉另一輛大巴，而百色到永珍又是十小時。

我和幾位韓國朋友在車站附近吃了個晚飯，餐館是廣東人開的，上一代已經來百色做生意了。吃

完飯在票務中心，每個人都要多登記一遍，職員會了解你是男是女，因為下一輛大巴都是臥鋪，而且一床要躺兩個人，都會儘量安排同性別的。

我旁邊是一個羅馬尼亞女生，同是獨遊，喜歡說走就走，不用煩惱，拖泥帶水。後面是一堆男男女女，瘋狂亂叫，像是喝醉酒，把酒瓶到處亂掉，掉到走廊通道上。車子搖晃，是有點危險，但沒有人想勸喻他們，免得節外生枝。男的都好像是外國人，女的是韓國人，不斷重複"I am a traveler，I am a traveler"我跟剛才的韓國朋友暗笑一會，就倒頭去睡。

沒錯，把九個多小時翻一倍，二十多小時後我們來到了永珍，還要坐車找旅館。小車播放著節奏強勁的音樂，是噪音。本坐七人，最後擠到了二十多人，這叫神奇。

車上一名外國人大叫"This is a shit company! Welcome to Laos!"

老撾雜記

在老撾的半個月，我去了永珍，萬榮和瑯勃拉邦，都是跟大連胖子一起，有時候遇到了小伙伴，相互依賴了，就分不開。

胖子從暹粒比我早一天出發，卻晚了一天到，他坐的大巴太晚到百色，趕不緊接上駁到永珍的車，在那邊住了一個晚上。

他說早上五點到永珍，沒車子，走了好幾公里，走到市中心，有一個老闆看到他在晃，就請他到店裡睡。

老闆是同鄉，在永珍買了一塊地種香蕉，也在市裡開店賣背包和行李箱，早上還煮了早餐給胖子吃。人沒落腳之地，卻遇上同胞，可是一輩子也值得記著的事情。

從首都永珍乘五小時到萬榮，萬榮是老撾北部兩大城市中轉站，有連綿山脈，小屋田原，日落木屋，激流溶洞，也是喝酒派對的地方。

每家餐廳也會有舒適的沙發和床，一張張列排，而且都在播美國笑劇或 Bob Marley，Get up, Stand Up, Stand up for your rights. 這裡可是低消費的外國人天堂。

好幾年前韓國有一個很有名的綜藝旅遊節目介紹了萬榮，一群韓星來到拍攝。自此，老撾不乏韓國人的蹤影，整條街都有韓燒、韓國料理，都為韓國人而設。

經過酒吧街走到盡頭又是一座嚴肅寺廟，穿橙色袍和尚看你一眼，繼續打掃。

我們在老撾的日子悠閒，沒連鎖快餐店，連炸雞，漢堡和咖啡連鎖都沒有，難能可貴。這裡只有當地小吃店和餐廳，街道舒服寬敞乾淨，聽首歌，天天慢活。住的二十人房每晚港幣四十，吃一頓十至十五塊，小鎮小得可走路，都沒有去要收費的旅遊景點，卻處處是風景。

朋友們都問在城與國待一兩個月不悶嗎，確實是有糾結的時候，總不能天天跑景點買東西吃大餐，不少日子都是起床、思考、吃飯、走路，然後回家，日常地生活著。我稱住的地方為家，因為我在生活，總要有個家。

城市待得久，由陌生路變成熟路，遇到只待數天的朋友就帶他們去玩，分享路線免得他們走冤枉路。當走在別的國度也能得心應手，像本地人般乘公交穿梭土地，吃本地食物，確有一種成功感。

我沒走馬看花，而是反覆細水地走遍想到之地，如果人生能定格，那是一首好多段子的膠卷，永遠長流。

日本男生和石田裕輔

在青旅認識了一個日本男生 Akihiro，我們去吃印度咖喱餐。他問我為何出來，我說幾年前看過石田裕輔的書《不去會死！》，心有餘悸就出來了。

他問我誰是石田裕輔，我說是一九九五年用了七年半去騎單車、環遊八十七個國家的日本人。他臉有慚愧。

我接著說，二十幾年前，沒有通訊設備，每遇到同伴，都要說成下個月某地某青旅見，或者留下家裡地址再聯絡，更瀟灑當然掉頭就走。而且當時他拿錢都是用旅行支票，在某國大使館等家人來信，家人也時常把歌錄成錄音帶送到大使館，讓他去取。

歌曲，在騎行或長途車中卻最需要。

後來有天，石田裕輔接到家人的信，說他之前在路上遇過的誠司大哥被大雪所困遇難了。他便寫成〈在風之谷等待我的人〉一章。

「在山頂附近我看到一塊標示牌，上面寫著 Goodbye 和 *Zero Point*。換句話說，這就是巴基斯坦國境的起點。這個標誌我已經看過好幾遍，深深地刻印在我的腦海中。我從背包拿出一張照片，上面的風景和我現在目睹的完全一樣，而標示牌旁的是誠司大哥和他的自行車。三年前，他的確曾站在這裡，然後動身前往西藏，兩個月後被大雪困住，再也回不來了。我覺得他一直在身邊守護著我，讓我一直騎到這裡。騎著自行車的時候，我也不停地向他傾訴。我在標語牌前方雙手合十默禱著，另一頭是大雪覆蓋、草木不生的群山，還有一片無盡的藍天。」

看石田裕輔，我好像多走了半個地球。

他在路上遇過的生離死別、搶劫、在外打工賺錢、單車壞掉、露宿荒野，又無端重遇闊別三年的伙伴。這一切好像只會在電視劇上出現，卻如此真實。

Akihiro 露出驚訝有趣的表情，叫我傳書名給他，我說有好幾本，你回國後要看。我們一邊走一邊聊，去了夜市，逛了好幾條街，回到青旅門外的長椅。我洗澡去睡，明早醒來他已經走了，去北邊再到泰國。

一個月後，Akihiro 回日本了，臉書上載了《不去會死！》和《最危險的廁所與最美的星空》，留言寫道「謝謝推介，我現在又想去旅行了！」

給你

坐在湄公河邊，水沒有很清但我憶起你總是澄明，傳你這裡的山，沒有西藏的美卻純樸得過份。

山後浮雲如你捉不緊，躺在沙子睡醒雲就飄走，剩下陰天，像你無聲不多話，抽根煙煙絲便一縷縷化掉，不見蹤影。

白頭浪來了又去，如果回憶在裡頭，憶起又忘，往往來來，隱約又是如此深刻。

正如馬頔說我有我的夢，你有你的事。

對吧，天黑的時候人都自私，天一亮也就回來了。

沒有不通的語言

老撾的最後一站是法國小城琅勃拉邦，這個在十九世紀曾受法國保護的小鎮，有很多中國商人在這裡開民宿和旅店。我們住的青旅就是中國老闆開的，他特意給我挑了一個靠窗子的床位。老闆的老婆是老撾人，會說國語，老闆也會說一些老撾語，夫妻間相互學習。除了旅店，老闆好像還有小生意，每個月都要去雲南一趟。

最後一晚，我，胖子和一個在民宿認識的大叔去湄公河邊吃自助餐，五十塊錢任吃，有火鍋，烤肉和熟食。

為了這餐，我們三個從早上就沒吃東西，一直餓著，為了迎接兩個多月旅途上最豐富的一餐。聽上去好誇張，但確實這樣，因為太期待能好好吃飽，不斷吃肉，大快朵頤。

大叔是中國人，不懂英語，好不容易從雲南到了老撾，每天都待在老闆的民宿，因為中國人多，他不敢說英語，就每天與同胞們混。有時候我們在陽台跟外國人聊天，他都不敢出來。他說很想去泰國，去看大城和吃東西，但怕英語不靈光，打算老撾後就回雲南了。

我鼓勵他說，其實說單詞也可以，有時候比比手勢、表情，手語和想法也是世界共通的語言。其實有些亞洲國家的背包客英語也沒有很好，我自己也是，但只要有心，總是可以到處去，總會有人明白。

胖子也說起一份來，他說他英語也沒有很好，但一路上他會勇於說跟問。胖子沉迷歷史與軍事，每次遇到德國人也會很起勁，問他們和國家對第二次世界大戰、希特拉發起納粹黨跟納粹主義的想法，問他們有沒有後悔和悔疚。

他說本來只會說很基本的英語，後來慢慢查字典，看英文書，多跟外國人交流，碰到不明白的話，會不恥下問，拿出手機翻譯程式來，問清楚是甚麼意思，不會隨便點頭裝作明白。

大叔說自己年紀大，總會有衝破不了的心理關口，就是不懂國際共通的英語，如果遇到外國人，更是雞與鴨講，何況是一群人聊天。他在民宿內講國語有著無比的安全感，至少不會餓死。

這種感覺我明白。在越南的時候，我跟一個澳洲人從河內一直玩到會安，他很開朗，到處認識朋友。有天他邀請我跟他剛認識的朋友一起吃飯，我有點猶豫，最後還是去了。

到了大堂，天啊，原來是十個外國人，瑞典、英國、澳洲、加拿大、西班牙甚麼國家都有，我心裡有點危機感。何來危機感？就是我怕吃飯時，他們不斷聊天，我聽不懂。

我們大群人到了一家印度餐廳，先看餐牌，是很地道的英語拼印度語，好多菜都看不懂（後來在印度三個月才了解），但他們已經聊得興奮，要吃甚麼，分來吃還是自己一份。席間，他們都說著從哪出發、從哪來，老實說，如果說慢一點的話，我覺得自己是聽懂的，但他們之間說得太快，我只聽到五成。幸好旁邊有一位讀醫科生的瑞典少女，她一直在逗我聊天，英語也不是她第一語言，聽上去我們倆都是一半半，有時候她還給我解釋其他人在說甚麼。

飯後，澳洲人問我覺得如何。我坦白跟他說剛才是有點怯，但沒有被冷落，也聊得起也是好事。他鼓勵我多聽多說，多跟不同國家的人打交道。

我點頭，一直以來，如果是跟外國人單獨相處或者小圈子兩、三個，我覺得溝通沒有問題，如果是一群人的話就會沒有安全感。那次之後，我也積極嘗試混在人群裡，將危機感淡化，成了安全感。

想到這裡，我打從心底裡明白大叔的感受，何況他好像真的一句完整的英語也說不出來。

最後大叔有沒有去泰國，我不知道。最起碼的是，我和胖子都明白積極總會有回報，要琅琅上口，說英語如吃生菜，也是要下功夫，而在旅行當中，總會有習慣的機會。

還是不行的話，手語和表情也永遠是世界共通的語言。

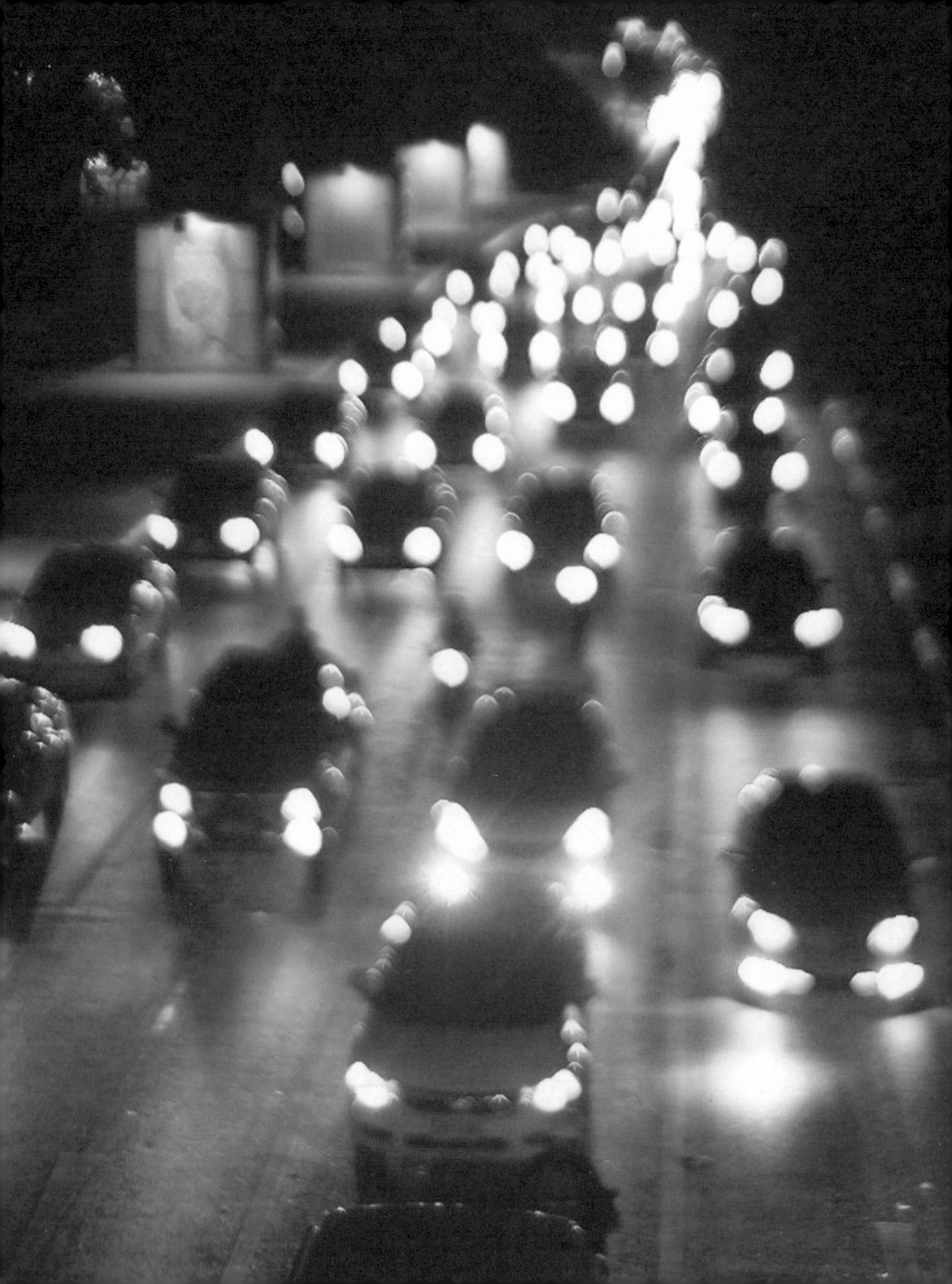

第六章

回到繁華——泰國

泰國是長途旅行的中轉
從北到南，風之谷往曼谷
穿越鄉郊與城鎮
流連忘返，安逸了
鼓起了好大勇氣才離開，一路向西

第四次陸路跨國

從瑯勃拉邦，我又坐了十多小時大巴到會曬。

除了在印度賈姆穆坐吉普車到喀什米爾斯尼那加那段外，瑯勃拉邦到會曬這段是我坐過最顛簸的路。

晚上七時車，整夜就圍著山路轉，一彎又一彎，兩旁是野草高山，路上沒街燈，只靠車頭燈或偶爾一兩戶山村人家的小燈照明。我坐的是臥鋪床，也是兩人一張床，睡在外面的胖子晃來晃去，好幾次都差點被拋出床。我緊緊抓著床邊，床窄只能側睡，雖說搖晃好入眠，但總是會有顛到醒來的時刻，醒來再努力入睡，不然整夜沒睡就是活受罪。

其實我也喜歡坐夜車，雖說危險點，但可省下一夜住宿錢，睡一覺早上就到，比起中午發車凌晨才到來得清新。

在老撾走了四個城市，由南到北，走過首都萬象再到沒甚麼人的小鎮。經過五十二小時大巴終於到會曬，對面便是泰國清孔了。

香港護照免簽，很快就辦完手續，我們就來到了泰國。

跟胖子在老撾走了一段路後，覺得也伴夠了，是時候再次獨自旅途。

我們在清萊告別，就各自走自己的路。

年三十到金三角

年三十不在家，份外孤單。

記得小時候會跟家人去逛好幾晚年宵，花墟、維園、荃灣，買花的買花，買風車的買風車。團年飯也吃上好幾頓，年初一、二到哪拜年，都會周旋於兩家親戚間。雖然家族小，但收到紅包，精心佈置全盒，總是心頭溫暖。

團年夜，為了彌補我的份外孤單，我決定去金三角探險。

金三角是泰國，緬甸和老撾交界的一個三角形地區，五十年代始盛產鴉片，很多當地軍閥毒梟製毒。後來因國際壓力，零五年金三角停止製毒，改為種米，蔬菜和甘蔗，而種植鴉片地區轉到老撾和緬甸。

在清萊坐九十分鐘巴士到清盛，再找車去索拉，我沒有坐 Tuk Tuk，雖然才二十五塊港幣，但我還是省得就省，找不到小巴，就決定走十公里路。

途中遇到一家小餐廳，裡面一個滿手刺青的泰國人跟我用泰語打招呼，誤以為我是泰妹也見慣不怪。後來他告訴我每半小時有港幣五元的小巴到索拉，叫我在他店等。

他吃飯我們一直聊就錯過了班車，只看到小巴在馬路旁匆匆飛過。

他九秒九掉下筷子，開動他的 Cafe rider，一句 "Trust me"，就把我拉上車，極速追小巴。

車速很快，開得太快座位又窄，手不知道抓哪裡，如果抓著他是很不好意思的事情。而且他一隻手駕車，一隻手不斷舉高揮動，好讓小巴司機能從後鏡看到。

追了一段路不果，他加速，終於駛到小巴旁，停下。

成功追到小巴後我跳下車，大叫 "Thank You! See you!"

他也回一句 "See you，my dear!"

倒頭風馳而去，消失得無影無蹤。

上到小巴，我還是驚魂未定，心跳加速，好像是下地後才懂害怕。實在開得太快，而且我抓不穩，不過天若有情感覺好帥。

到了索拉，當然沒有險可以探，種植毒品的地方理所當然不是遊客可以踏足，而且這片地帶早已消失了很多，剩下的是一條河和滿是餐廳食肆的旅遊區。

但遇到好人又乘了極速飛車，也足以記錄新奇有趣的經歷。

後來在回程小巴，內地人小劉告訴我原來微信這陣子都可以搶紅包，然後我在朋友圈發了一個文，便收到在外認識的各方好友發的紅包，不多，也是大家新年的心意，夠三天住宿。頓時也憶起了在各地認識的朋友。

我和小劉他鄉遇故知，年三十晚沒在家過年嗎，人家不是說中國的過年是大節嗎，怎麼我們都會自己出現在金三角呢？

佳節，我笑說很久沒吃炸雞，後來又聊到別的話題，直到車子回到市區，我們在車站道別。我慢走回旅館，在想可以去吃甚麼思鄉，突然收到小劉的電話，他說他走了半小時的路去商場買了炸雞，問我要不要吃團年飯，約我去夜市吃。

我跑到夜市見到他，雖然炸雞已經冷了，但我確信那是這輩子吃過最溫暖的炸雞。吃過炸雞又逛了一會，我感動的跟他道謝，這次是真的告別了，明天我去清邁，他去老撾。

王維的「每逢佳節倍思親」也許就是我跟他那天晚上的寫照吧。

不速之客

在清邁的日子，我都住在二十四人的多人間，好久沒有住過如此便宜的青旅，二十塊錢，在付房費時也顯得特別疏爽痛快。

有天突然來了個不速之客。

有個自稱來自地球的外國男人，大概六十歲，自住進青旅便沒有停止過說話，一直捉著房內的人聊烏克蘭和俄羅斯時事、中國經濟、電影、氣功之類。我覺得話題很好沒有問題，但白天我可以聊，晚上便難以集中精神。他的用詞太深，我不明白他的話，他又說你應該懂的，怎麼可能不懂，我心想英語始終不是第一語言啊。

在房間裡我已經靜悄悄，裝作看不見他。他走過來說要跟我聊天。好的，我問他有甚麼想聊，但我有點累，不能聊太久。就是這樣就踩進陷阱了，他一直說自己的事，無厘頭的、奇怪的，我顯然不想聽，他不識趣還一直說。

後來同房德國男生走過來問我要不要出去抽煙，想救我一把。

那地球人跟德國人說，你這樣太沒禮貌了吧，我正在跟她聊天呢。說完又跟我們走出陽台。

到了十二時，我們都說太夜了，確實不想聊一些深奧話題。我直接跟他說太悶了，我要去睡覺，好不容易，我終於回到床上，找回屬於自己的休息時間。

第二天我外出回到房間，發現他坐在我床上，跟不知何方神聖的朋友視像聊天，還叫我不要介意，因為我床附近有風扇和插頭。

房間裡的人都對他避之則吉，有的走到大堂避開，有的在走廊的椅子避著，我坐在陽台不斷被蚊子叮。

有時候在青旅住上了兩星期一個月，我都會搬回單人間者或是拼伙伴到雙人間，休息一陣子，調回睡眠質素，過一些安靜的日子，避免打擾，再下一城，走更多道路。

往風之谷去

在清邁附近有個地方叫拜縣，在泰北夜豐頌府，本來是一個寂寂無名的山谷小鎮，但這幾年因為一部電影《愛在拜城》而聲名大噪，搖身變了一個旅遊熱點。

說到旅遊熱點，真是有好有不好，好的是餐廳民宿林立，可以做生意糊口，不好的當然是影響原來居民的生活，大興土木，破壞安寧，遇到不自律的遊客更是一件很煩擾的事。

一直以來，社會上也有這樣的紛爭，發展與不發展，沒有誰對誰錯，說到底，最重要的還是平衡，取中庸之道。

我趁拜縣還有一點風土鄉情的時候，去了一趟。

我坐小巴前往，有人會租摩托車，感覺那山路上的七百六十二個彎。沒錯，去拜縣的道上，經過

了大城市，就是山路，途中經過七百多個拐彎，吸引了不少摩托和單車愛好者前往。

車程大概四小時，一直沿山谷走，兩旁是連連不斷的樹，剛好落葉，整個山頭橙紅，可往遠眺望，又是蜿蜒山脈，天空開闊，神秘而高傲。我像走在另一個世界，一路無盡，沒有人，沒有煩擾，都在自然當中。

我聽著馬頔的《南山南》。

「如果所有土地連在一起，走上一生只為擁抱你。」

土地連連，我擁抱自由。

自由是甚麼？

畢業九個月，九十天在港一年在外，二十二與二十三歲月年頭，交集悲喜，於不同國度與時區活著，就在國與國邊境留下最美好的青春。

平原草地到白茫茫高海拔，零度五千海拔看星，與牛羊共存，難以呼吸睡不好；也在空中看過喜瑪拉雅山，到來住了六十天的微笑國度尼泊爾，又在羅湖乘巴士到越南。那尖草帽子民族，經歷過赤柬政權的高棉人，偉大吳哥到純樸老撾，又走到好吃好住的泰國。

一直在揮霍也珍惜青春，兩者都是同一件事，只要付出一點代價，勇敢一點，便能到處漂泊，世界永遠都在。

Chris 與木屋

下車，我找不到訂好的木屋，路過一家餐廳問路，老闆騎摩托帶我去。從拜縣主道上坡，經過松林就到了，與老闆道謝，我往木屋群去。

嚴格來說，這裡真是不像「旅館」，而是「木屋群」，大大小小，雙人的、單人的、高的、矮的，像走在童話故事裡面。好不容易找到自己的木屋子，登記過後，我睡死躺在床褥上。

木屋很小，屋頂是三角尖形的，裡面只有一張床褥、一把風扇，一個蚊帳和一個垃圾筒，像家徒四壁的簡陋，就是這樣才像在森林裡。

我鎖好門，倒頭大睡。

早上醒來，推開門，人們都出來了。大家都坐在木屋門前，小休的、看書的、發呆的，實在寫意。

木屋只訂了一天，老闆告訴我第二天客滿了。我收拾好背包去找別家，到櫃位還鑰匙，看見一個背包客在問有沒有空房，我告訴他都訂滿了，接下來，我們一起去找住的。

Chris，德國人，金髮，在大學讀商業，休學一年出來旅行，泰國是第五個國家，之後想要到澳洲打工，半年後就回德國繼續學業。Chris 樣子成熟，我問他有沒有三十歲，在讀碩士嗎，他追打我說自己二十三歲。

沿山坡下走，我們到了另一家木屋小館，剛好有兩家單人小木屋，就這樣住下了。

每個屋子都有小吊床、小樓梯平房子，漫天星夜裡渡過數夜，蚊子昆蟲共存，滿床都是天花掉下的蚊子，掃不走便沒去在意。

有天 Chris 問我晚上要不要去 Sunset bar，他說很多人在那邊喝酒跳舞，也有大麻抽。我告訴他我不喝酒，每次喝都會吐。他問我是不是所有亞洲人都不喜歡喝酒，在酒吧很少看到亞洲人。我說也不是啊，酒吧是在美國西部大開發先興起，起源在歐洲大陸，在亞洲也沒有很多年歷史。雖然亞洲人近年也會去，但可能性格有些亞洲人沒外國人般開放，所以你才會覺得亞洲人都不喝酒。

Chris 點頭，轉身就去 Sunset bar 了，我還笑他是酒鬼。

酒鬼第二天醒來，敲我的門，問我要不要去騎摩托。

我們去了出租店，租了輛摩托，駛到七百六十二個彎的公路上去。我坐後面，問 Chris 會駕嗎，他反問我這有多難?我說我從未駕過，對於機械東西是絕緣體。他一臉不可相信，說了句 "Come on! Trust me!"，我就把生命交托他身上了。

又來到風之谷的山谷上，Chris 沒有騎很快，說是要為大家的安全負責，如果我不在，他肯定要去飆車飄移了。

又是拐彎與直路，拐了彎就看到直路，看不到直路就拐彎，人生如是，看路就走，時要拐時要直走，能屈能伸。

到了空地，Chris 一言驚醒夢中人，他說你連獨自長途旅行也敢，還說想去阿富汗，何不嘗試學騎摩托車？他鼓勵我。

好的，我跟他調換位置，為了給我壯膽，他坐在後座，教我如何加油、剎車，平衡和扭方向。大概練習了半個小時，Chris 叫我上公路。

公路沒車也沒人，我慢駕，感覺雖然害怕但還是一路暢順。就這樣我的第一次嘗試便走過那連綿樹林，不斷拐彎當中，自然而然地流暢。

就在大自然當中克服一些不可能，追趕二月二十四日的日落，一切也來得輕鬆。

嬉皮士天堂

拜縣，聽說是一個嬉皮士天堂。

這裡有泰國小瑞士之稱，在山谷裡，四面環山，四季如春。白天不會汗流浹背但又有太陽餘溫。這裡沒有人流魚貫，綠油慵懶，嬉皮士隨處可見。

上世紀的西方嬉皮士發現了這片在深山裡的地方，並在這裡居住，成了「根據地」，現在還可以看到他們的蹤影。

嬉皮士多是長髮，把頭髮扎成辮子，穿著色彩鮮豔或波希米亞風衣飾，過著公社式生活。數十年前，美國相繼出現了垮掉的一代，後來演化成嬉皮，又從藍調樂中演化成搖滾。在美國東岸的格林威治村，反文化者稱自己為「Hips」，後來很多在市區中的失望青年聚集，慢慢成為團體。在街頭創街頭劇，無政府主義與藝術表演混合，目標是建立一個自由城市。

走在拜縣街頭，在主道上都是嬉皮士，他們在喝酒、聊天、做皮革手工藝、擺擺小攤檔。從他們之間的互動，你不難看到他們是有所連結的，很隨意的走過碰酒杯，肩碰肩"Have a Nice Day"，一根大麻兩份抽。常抽大麻大概是要達到某個精神層面好好修練。

經過年月變遷，現在的嬉皮士生活形式也許進入了主流社會，但都強調自由，只做自己喜歡的事，穿願意穿的衣服。

在現今的世界，處處競爭的社會，普世價值觀是每人都應該工作、賺錢，云云「高尚」的人生方式，要做嬉皮士，比以前很難。

又或者說過度發展與科技底下，社會扭曲，我們都累了，要當嬉皮士，比以前更容易。

到底是怎樣，再也說不清。

我只知道每個人都應該忠於自己，找到喜歡的生活方式，人生太短也太長，何必難為自己。

紀念那個拷山路刺青

我沒有概念，說明在時間裡但顯然沒有，或者是停留在那些日子的憶記。那時的我勇敢，奮不顧身，卻把自己給掉失。

我以為那是永遠但原來只是曾經，只可憶起，美不美好，還以歲月磨鍊，重拾。

在我眼中你完美，回想其實沒有完美。你說我飄忽捉不緊，嘗試走在與你交集的光影，路彎我摔跤，你沒接過眼淚，我倔強得不怕破碎地與你糾纏，落得痛快。

你終於呼吸自由，我也過著不起眼的日子，不斷端酒吸過二手煙看著酒鬼給自己釋懷，我一直清醒卻再也看不到你。最後也終究明白我倆非走在同一平行線上。

匆匆那年，我二十一，你二十六，我們交集於曾經，不是永遠。

紀念那個在拷山路的刺青。

坐車

在泰國的日子，除了吃，就是穿梭在繁榮的大道與安寧的鄉郊。

兩者途中需要坐車。

我前後待了兩個月，在曼谷常坐巴士，每程一、兩塊，好多巴士都沒空調，打開窗，都是熱浪廢氣，大腿早已流汗，汗與座位的皮子互相交磨，很不好受。每輛巴士都有一個穿制服的售票員，拿著個長鐵盒子，用來裝票和錢。售票大姐手法純熟，夾兩下就出了一張票，打孔，收錢。試過好幾次車上沒有售票員，變了免費坐車。

二號巴士應該是背包客常坐，由拷山路，經 Central World、四面佛，再到 On Nut，好像更遠。巴士也有分顏色的，用泰文寫上會途經哪裡，不經又會繞甚麼道，看不懂自然常常會坐錯，從錯裡吸收，也是旅行意義。

無論在鄉郊或城，不知該怎形容，當車子掠過一些風景時，總會感動得想掉淚。滿山枯樹落葉，芒草延綿幾哩山頭，置身於秋天的童話，沒有花朵也不見悲哀。換個景象，在城裡車如流人，人如螞蟻，每個人有自己的事情，卻相互交集在城裡。

坐上車子，隨風而去，我不介意何時到達終點，只希望看過更多的風景。

大城

重回大城。

這裡滄桑，數百年前屠殺搶掠燒城，早已被戰火破壞得體無完膚。沒了高塔只剩地基，城牆矮小可翻，佛像沒了頭，不見完整，只見無情。昔日光輝歲月剩下頹垣敗瓦，說不出的唏噓。

舊人看盡烽火，遷離家鄉到遙遠之地，多少心碎又重建，東西掉失，卻一直銘記。

離開大城，最難以處理是移動，都是體力之事。這數月炎熱，夏天太陽正猛，人瘦背包重，未能掌握目的地何處，走一段路要停下來歇，埋怨念頭一閃，心裡都想著堅持一會再走起。

在大城找火車站，發覺自己不能再走，便在一鋼鐵店前隨手掉下背包，四十度高溫，我撐不下去。

鋼鐵工人好心給我畫了火車軌地圖，後來索性把紙弄掉，開起送貨車來，要帶我去。他沒收錢，我以兩根煙道謝。

每每困難，都告訴自己再堅持，路一直都在。

世界一直成就你的夢想。

重遇友人C

對上那次見友人C在拉薩，我們一起在民宿做家務，閒時會幫忙到店裡打理賣東西。遊走在拉薩的大街小巷，沒有跑景點，也不在乎去Road trip，只為每天坐在光明甜茶館喝茶，去岡拉梅朵吃個披薩，在扎西小食吃鬆餅。

八月份我先到尼泊爾，她後來，在我臨走那幾天又重遇。在我兩次去機場也上不到機、身無分文無家可歸時，她收留了我，還一起買了機票回中國。那天早上，我們只拿著十元八塊去吃早餐，算到盡白粥是最便宜，剛好每人一碗，再一條油條兩人分。最後深呼吸一起走進機場，成功上飛機。

再次遇見，是半年後，在曼谷唐人街。

我早上睡眼惺忪的走下樓，看到C坐在青旅外頭的千秋上，胖了很多，黑色眼線早已花掉，好像是哭完，又像是搭完長途機再在外坐了好幾個小時而致的。我沒問，替她辦好入住手續就上樓洗澡。

C睡了一個下午，晚上我們去吃西餐，難得地吃一頓。

C告訴我她失戀了，最近就不斷吃，不斷喝，不斷睡。出來就是要好好玩一頓，叫我陪她吃十天好的，我心裡猶豫，我說錢剩不多，還有好幾國要走呢。C有點生氣，罵了我一頓，叫我變通一下，才幾十塊錢，要懂得善待自己。

善待自己，聽上去好像也對，有道理。

跟C待了一段日子，我在曼谷的緬甸簽證中心拿到了簽證，要動身往仰光去，C卻買了機票到清邁。

就是這樣，我們除了在加德滿都一起去機場離開，在曼谷也是。

又要分開了，我沒有悲傷，只因為充滿緣份的世界裡，有天總會再度碰頭。

第七章
我要到這裡——緬甸

那天從銀幕看到的畫面
我屏著呼吸
心裡說我要到這裡來
幾個月後
畫面終於出現
就像夢境成真

十二街青旅

我和M在旺角佔領區聊過五分鐘，剛巧我們都是從拉薩回港佔中，在日光之城沒有相遇，卻在香港聊了五分鐘，有點奇怪，留下臉書我就離開了。

一直沒有聯繫。

直到有天，我在曼谷辦好了簽證，正動身前往緬甸。偶爾翻開臉書，看到M去完印度和尼泊爾爬雪山，正計劃下一站的旅程。沒有多說話，就一句「去緬甸吧」「好的，到時見」。

簡單利落。

二零一五年三月十三號，你像一個流浪了很久的人，兩個大背包一支結他，黑色背心，破洞褲子，沒梳好長髮沒刮鬍子，走進仰光十二街青旅。

我們都很久沒吃肉，我帶你去十六街喝酒吃肉，後來你又跟我在曼德勒走幾小時的路去找珍珠奶茶。

我們有時候在一起，又有時候沒有在一起。

如果命中註定，你應該就是那個人。

ॐ नमः शिवायः

晚上的移動

在仰光坐了十小時夜巴到茵萊湖，正當熟睡，原來已經到站，凌晨四時下車，先拿行李，然後一群司機湧過來問你要不要打車。

基本上每到一國一地，一下車都是這個景象，我的慣常做法也是先抽根煙，定一定神，回過氣來，把舟車勞頓都掃走。在疲累的凌晨要保持清醒，才能應付那群司機。

一如所料，也是開大了好幾倍的價格，他說這裡離市區很遠，有二十多公里，路況不好，多塵又多沙，我這是計程車，坐計程車安全舒適。我心裡知道其實只有不到十公里，只是也看在凌晨時份，大家久等捱夜都是糊口的份上，我很禮貌地拒絕了他。計程車有計程車好，一來就上，不用等，少拉鋸，也方便快捷。

我們不趕，沒有訂住宿，找到旅館後，反正也要十二點後才能入住，還有七、八個小時。可以花時間打聽路程和合理車資。

離車站走遠一點，看到一些小巴，上面坐滿了人，我也走上去，不用問，一看就知道是到市中心的車。車子駕了一會，到了一家小木屋，司機把我們趕下車，叫我們等半個小時，會有另一班車來接。

滿是倦容的乘客被趕下車，坐在木屋子內，等了半個小時有多，有些人開始起哄，焦急往外看。

沒人。有的背起大背包，打算走路，一對看上去六十多歲的外國夫婦看上去很生氣，決定走路。我真心佩服，太累了，只好再等。

一個小時過去，車子來了，其他人在大罵司機，我沒說話，乖乖走上車。

駛了一陣子，看到老人夫婦，司機招手，他們依然生氣，拒絕上車。車子隨風而去，他們的身影在黑暗與荒涼中變得愈來愈小。

到達市中心，司機會問好每一個人的住宿，再往旅館去。我沒訂好，就隨意指指某一對遊客，說"Same with them"。

再過好幾個小時，天亮了，我入住了四人的房間，一如以往，移動後睡一覺好的，那管天昏地暗。

船上的猴子

茵萊湖，位於緬甸東北部，佔地約一百五十八公里，海拔八百七十五公尺，面積廣大，三面環山，靜謐美麗。這裡聚集了十七個部落，自古以來，他們賴湖為生，種植、捕魚，自給自足，樂得清閒。

後來遊客坐船湧入，也改建了相應的旅遊配套。把屋子改建成餐廳、商店、陳列室，以我所見，還是寧靜，沒有過度發展。

我去碼頭隨意找了一個船家，付了訂金，約定第二天早上九點，不見不散。

第二天早上，船夫早早就在等候，船上還有他的兒子小猴子。只見他在船上跳來跳去，手腳協調純熟，身手敏捷地把我拉上船，再到船尾鬆綁栓在石柱的麻繩，又走回船坐在父親旁，協助開船。

從碼頭駛了十多分鐘，兩旁都是民居，經過民居，就進入了一望無際的茵萊湖。偶爾會見水上人家，母親在門口看著小孩，小孩一個個撲通撲通地跳下水，一邊玩球一邊捉魚，搶到球再往水裡拋，一群小孩就往水裡追。

在這裡，我看到最純樸的天真爛漫。

往前一點，是一個種植煙草的水上稻田和岸邊，我走上岸，到達菜市場。

這裡的菜市場像是早上營業，到中午就收攤，賣的東西物種何其多，看是吃的有肉類、菜類、水果，日用品如家居大小東西、廁所廚房用品都有。也有師傅在打鐵，趁熱，火熱了，再打鐵，來來去去，重重複複，引來不少人圍觀。

我在賣貝殼的小攤來了又去，婦女採集了不同貝殼，打成不同形狀，做出了不同首飾如手鐲、項鍊、耳環、盒子，純潔的白色，有點閃亮的金粉。至今我還清楚記得模樣，只是有點昂貴，當時我買不起。只是徘徊在攤子，依依不捨。

現在回想，沒有可惜不可惜，人如是，物如是，不在手上之中的不忘念念，才顯得份外珍貴，歷歷在目。

逛完菜市場，又去了做雪茄，布料和船的工場。

在布料工場內，一排又一排婦女老伯坐著，處理原材料，把線條用輪子一圈一圈地捲好，經過拋起、落地、重拾、再拋的過程，成了一卷又一卷的線球。往上層走，是另外幾個工序部門，她們把線條齊整排列在織布機上，坐好，一推一拉，一起一落，最後成了衣裳與裙子。

現今市面上充斥太多流水式生產的機製衣服，大品牌都強調季季新款，甚至每一到兩星期一個系列，鋪天蓋地的廣告與天橋秀，都在炫耀時裝的生產速度；這家設計款式多，那家上架速度快，真讓人吃不消。

最後出現衣服過剩，夏天大減價，冬天大特賣，店裡堆滿服裝，下一步是去堆田區還是放到倉庫底，不見天日？

反之，從手工裡來、手工裡去的衣裳製作需時，每一針一線都是心血，價格可高可低，可能比流水式生產的還要便宜。那些有感情的作品，有心血與努力，來得珍貴我們也懂珍惜。可穿上好幾年上十年。

另外那些春去秋來的衣服呢？你還記得穿過多少遍、多久沒穿、現在在哪個抽屜底裡呢？

離開工場，太陽日落，日光媚明，回程了。

小猴子走過來問我累不累，回程可需要半小時，叫我小睡，是個貼心的小助手。

我睡了一會，醒來還在湖裡，小猴與父親邊駛邊看湖，以船與湖為生。自古以來，一代又一代，他們看的是湖，得到的是自然，沒有科技，沒有名成利就。

將來是怎樣沒人知道，只知道這一刻，這裡的人最純樸，各安天命，生活最簡單。

Myanmar
Lucky Star

當夢境成真

二零一四年十二月，有天我在甜品店打完工，再走下場，到酒吧上班。周末人多，手腳沒停過，被勞役了十多個小時。

我回到家。放空，在城市累了，想看萬物。

我看《Samsara》，一部二零一一年的作品，片長一百零二分鐘，沒對白，拍了五年，踏足了五洲二十五國，看的是城市與自然。

06:17，我看到它，萬佛之寺，幾百個一千個，遠古年代是上萬個。佛塔全是金黃色，綠的草地森林，它們就這樣靜靜的屹立不倒在林雨中，驕傲、屈辱。時年變遷，萬物星移，仍然留在原地。

這是不是夢境，好像不是，也好像是。

我要到這裡來。

一個月後，我離開城市，相距四個月，我終於來到緬甸的蒲甘。

高大的佛塔太宏偉，能看日出日落，也能環顧四周所有大小的佛塔，大地就在腳下。風塵滾滾，大地裂開，風沙叢林中屹立千年古廟，我騎著摩托穿越松林，經過招手販賣的小孩，猶如走進迷宮，往小佛塔的方向去。

我爬上小佛塔，樓梯藏在磚頭裡，只有一個身位能上，走過暗小秘道爬上盡頭，盡是塔尖。

遠看，手指之處皆是佛塔，霧影間若遠若近，看似擁有又消失。

我沒有看到荒漠，幻想不了三毛在撒哈拉為何流浪在遠方，於海市蜃樓間寫下《哭泣的駱駝》，或者中世紀遠征駱駝隊走過千年絲路。

我只知道，眼前的和那天晚上看的都一樣，是夢境成真。

我的夢境不只在電視裡，經過無盡的孤獨，長途車的難耐，生病與思鄉，我沒有忘記那句「我要到這裡來」。我一直走，一直看，一直走過更多想到之地。

我在這裡。

我在這裡，千水萬山，眼淚滑落，繼續看那如真如假、如夢幻泡影的佛塔。

盒子

原來我們都失去聯絡。

一直渴望擁有堅定的溫柔，吹熄了燭光，黑眼線滑落花掉，你沒有離開，凝望眼中的我。

在蒲甘買了一個花盒子，黑木落花，翻開，吸過縷煙呼出寂靜。盛滿，倒掉重來。

這裡熱又冷，冷暖裡頭，盒子鋪上一層雪，醒來融掉，你送我盒子裡的夢。

原來我們都失去聯絡。

最隨意的刺青

在仰光走了四家刺青店，看作品還是覺得沒緣份。都是一輩子的事，永遠刻上抹不掉。

曾在Golden Rock遇過一個滿手刺青的加拿大人，三、四十個。他遊走世界，每到一地又或者遇上有緣份的刺青師便作一念記。

走在異國是種緣份，我在這裡過的日子，刺過的青，多少年後，縱使變形、褪色，記憶與刺青的意義也不會改變。

有天在蒲甘遊走，看見一個手寫木牌，上面寫著"Tattoo"，很是好奇，拐彎進去。是一個民房，有人住，旁邊間了一家小木屋，就是工作室。民房裡的父親與母親在喝茶，兒子在工作室刺青，很家庭式。

第五個刺青。親切自然小木屋，沒空調風扇，蚊子蒼蠅，大排檔膠椅，桌亂七八糟，隨意抽煙，客人坐地上喝酒，刺青師媽媽給我們端水。

刺青師緬甸人，二十五歲，不懂英語。我拿出圖，是一顆大樹，茁壯生長，風吹雨打，屹立不倒。

他沒有於紙張起稿，就用原子筆於手臂上畫，兩條線是以軟間尺，把手臂繞一圈而畫的，隨意簡單，沒有很工整，喜歡便刻上。

別人問我國家落後，地方簡陋不怕嗎？我說只要見到針是新的，環境是可以接受的，人總有適應能力，在香港受「保護」得太久，來個最隨意的刺青也是一個好的經驗。

TATTOO

緬甸之說

緬甸仰光和曼德勒，像三十年前的中國。我住進唐人街。

我在洋台發呆，與對岸鄰居相視而笑，她晾完衣服回去，我做自己的事，蚊子飛來撥走，黃昏裡純樸溫暖。

大街滿是古老房子，夾雜英式殖民建築，電線亂搭，一條條栓在大街上。漆黑。父親回家，關上大閘，穿過微燈，母親喃喃孩子晚安，夕夜裡寂靜無聲。

多年後孩子外出，問你從哪裡來，她說那遙遠的古老街道。

來，慢慢告訴你那些溫柔而美麗的故事。

那些家鄉的故事。

在緬甸二十八天，從南到北走五城，前首都仰光、《孤獨星球》的封面 Golden Rock、四十二度萬塔之城蒲甘，日夜溫差大的 Inle Lake 和第二大城曼德勒。

緬甸，一個對外封閉二十多年的軍權統治國，自二零一一年開放，旅遊業發展於亞洲算是遲起步，針於遊客的住宿和門票於東南亞算高，床位住宿最便宜也九十塊。離開大城市後幾乎沒有床位只有房間。而門票入場費也不便宜，友人說五年前是不用入場費的。城與城間路況不好，山多路顛難走，當地人都不斷吐，幸好我沒事。

在這裡辦電話卡，原來這家私人電訊商在全國只有仰光和曼德勒能用，而覆蓋全國只有政府營運的 MPT。緬甸網絡暫時是我到過最慢的國家，訓練耐性的好機會。

這裡沒連鎖快餐店和便利店，可口可樂也是事隔六十年，於二零一三年重新於這裡投資。不過當地人說沒可樂也可以喝當地品牌 Blue Mountain，出產類似七喜和可樂的飲料，港幣一元半一瓶，味道差不多。

其實緬甸也不是一個很落後的國家，大城市也有不少豪華酒店，空調餐廳、百貨公司和電影院（我在仰光就看過一部 3D 電影），街上的緬甸人也有智能電話看片子和交友網站。一般家裡都有電視機、洗衣機等基本用品。

只是偏離大城市的鄉村還見落後，塵土飛揚，家徒四壁。

緬甸暫還不是熱門旅遊國家，總是神秘又看似落後，但自四年前開放後發展得很快，若干年後也許就是一個熱門之地了。

夢境永遠是最好，
醒來我卻在遠方。

TURBO

第八章

看見貧與富——印度

這些年背包旅行最大感觸是看見貧與富
貧富差別在印度社會中看來正常不過
但人們總是樂天知命
奮力向前也努力工作
一切安於天命

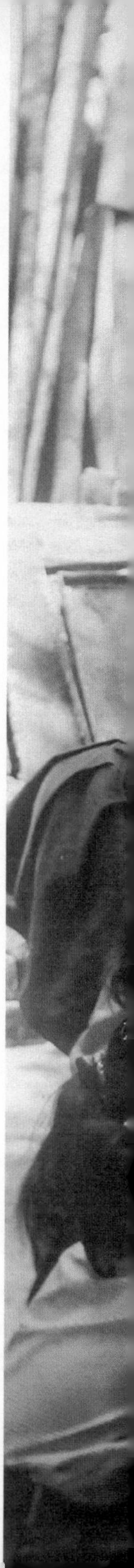

尋找德蘭修女之家

此行來印度是要尋找德蘭修女之家，多年前已經告訴自己要來這裡。

讀書時，我在老人院舍實習了一段日子，昨天才跟老伯玩汽球聊天，今天便在社工室告示板看到葬禮消息，世事無常。我不知道死後在哪，只深信那年那天會重聚，也反覆刺了數個有關紀念與死亡的刺青，也就是再見與團圓。

對老病有感，在老人院舍，每天看到老人閒來無事，可說是樂得清閒，無憂無慮，事實卻是寂寞孤獨，自覺沒用只想死去。他們每天的活動就是臥床、洗澡，吃飯和睡覺，沒有家人來接是不能外出的，縱使有些老人行動自如，也要困在院舍。有幸的，兒女會在週末與他們外出喝茶，定期探望；有些卻是孤苦無依，除了社工組團出外活動，他們也不能踏出院舍半步，更甚的是有些長期臥床，不能行動，每天如是。

老人也怕孤獨，想必人人如是。

婆婆每天坐在輪椅上，重複著「兒子今晚就來，來看我，他會買好多生果給我吃。」我問她兒子昨天也有來嗎？她說「有，當然有！他每天都來」，話說得確定，我信以為真。後來問起同事，大家都說婆婆從來沒有人來探望，卻天天幻想兒子來。一個如此簡單的願望，好像永遠也沒法成真。

好些年我在港都與外公同住，我喜歡老人，他們老練卻可愛，糊塗也清醒，經歷風霜，笑看風雲。

在院舍實習過後，我告訴自己要穿州過省，去與更多院舍的老人同行。我不設定他們需要甚麼，我只想知道他們需要甚麼。

後來在網絡上做了些資料搜集，找到了加爾各答的德蘭修女之家，也看了篇中國義工的網絡載文，如此深刻。

文章大概說道「加爾各答每天都下雨，一下雨就變成沼澤與水塘，排水系統差。早上我走過泥黃色的水，走到德蘭修女之家，祈禱後坐巴士到垂死之家。那是我服務的地方，住了一群老人與服務的修女。那天雨下不停，突然間修女們抬出了一名老人，我知道又有一個離去了。這是今個星期的第三位，離去本應寧靜，是的，那天一切如此安靜。」

看到這裡，我想像了很多，畢業後我要到那裡，經歷一場小同行。

當你們老去將揮袖告別，斑白古老，回憶今曾與共，花樣年華，歲月裡頭我們練習一場又一場輕輕的死亡。

終於到來

那天陽光明媚，我在曼谷坐飛機前往印度，第一站就是加爾各答，那個我日思夜想的地方。

一如所料，踏出機場，傳來的是陣陣奇怪的味道，汗味、尿味、咖喱味充斥著空氣。司機走上前搶生意，罵戰此起彼落，汽車聲、叫賣聲、爭吵聲從四方八面湧來，四周塵土飛揚，風吹掀起陣陣泥黃，我知道自己來到印度。

這個情境使我想起在《背包客棧》看過的帖文：「來到印度，有兩種人，一種是一出機場便要掉頭離開的人，一種是決心挑戰神奇國度的人」；也有一個帖文講述本來兩個朋友來印度，其中一個一出機場便掉頭跑回台灣，聽上去有點誇張，但當你來到印度也許會明瞭一點。我呢？看到此情此景，只覺得無比興奮，要去探索這個國度。

我跳上的士，正是烏龜老爺車，窗子破了，便索性沒有窗子，沙發是爛的，坐在露出來的海棉上。司機走下車，在馬路邊小便，又走回車上。車子咆哮著，往市區駛去。

來到背包客集中地的 Sudder Street，除了酒店、旅館、青旅外，所有店鋪一應俱全如電話卡店、中、西、印式餐館、街邊小食店、超級市場、旅行社等。

不出所料，一下車便遇到一群來自世界各地的義工們。這裡又可稱為義工雲集之地。我坐在街邊吃炒麵，一位韓國大叔說他已經來了四、五遍，有空就來服務，累了就回去。我人生路不熟，未知德蘭修女之家在哪，他說"Today you don't know anything, tomorrow you know everything."說得有道理，我又何嘗不是在每地也由陌路走成熟路？

別過大叔，找到旅館。

這所旅館是旅途上環境最差的一所，洗手間的水是黑色與泥黃色的（後來才發現印度處處的水也是這個顏色），用水桶開了一桶水洗衣前，水是淡黑黃色的，洗完衣後更甚，而且洗澡的水是鹹的，不知道是水管生銹還是水源問題。四十度高溫，我住的房間沒有空調，靠一把吊扇緩緩轉著，吊扇搖搖欲墜，卡卡聲響，常害怕它掉下來。

晚上睡覺，床鋪上有蚊蟲和蝨子咬，第二天老闆噴了極重味道的殺蟲劑，便沒有蝨子了。

那天晚上，我躺在濕味重也有點臭的床上，心想歡迎來到印度，也急不及待要找德蘭修女之家了。

54A

54A AJC Bose Rd Chowringhee，幾年後，我來了。

早上六時起床，從 Sudder Street 走二十分鐘，穿過一條巷子，你會看到十多種動物。首先是垃圾站正在吃垃圾的烏鴉、民居裡養的狗和貓、站在髒亂天線上的鳥、菜市場的豬、牛、羊，雞和鴨、在街道上穿梭的老鼠，甚至老鼠屍體惹來一群到處飛的蒼蠅，還有萬千在水道裡、在地底下的小動物。

早上穿梭一條人與動物共存的街道，互相擠擁，好不熱鬧。

街道轉右，多走一段路，便是 54A。

七時多大家開始聚集，來自世界各地的義工，有男有女，有老有少，甚麼事情也可以發生。早上先是大伙兒吃早餐，有麵包，香蕉和印度奶茶，後是修女們帶領祈禱，祝福 Last day 的義工和了解每天的情況。最後便是各自組隊，坐車到不同的單位服務（有七個不同的中心，對象由小孩到病人老者），展開新一天的工作。

我隨人群到 Hirmal Hirday，那個我一直渴望要服務的地方。

在坐巴士往院舍的路上，德國小子逗我們說笑，唱《Imagine》，他聲音很好聽。這時巴士經過一所學校，校牆上有幅 John Lennon 的油畫，塗上數句歌詞 "You may say I'm a dreamer, but I'm not the only one"，我們和唱 "I hope someday you will join us, and the world will be as one". 那個早上，我們在印度巴士唱著這首總是動人的歌。

下車後穿過街市，踏進院舍，便開始服務。

男女義工於大堂會一起服務，後各自到男和女的院舍，畢竟性別不同，總有不便之處。先是在院舍中央的大水缸洗衣，洗近八十人的床單，被鋪和衣服。沒有洗衣機，都是靠數個水缸，先浸濕，後用洗衣粉洗擦，再過水，扭乾。一個個步驟，大家都會走到不同的水缸幫忙，哪裡沒人手哪裡便補人，初次到來就像是合作良久，處處默契，像是一段輕快節奏。最後便是最辛苦的工作，把衣服抬到三樓的天台曬乾，男義工們都儘量會進行這個工作，或兩個女義工一頭一尾地抬去。

每次我在天台與洗衣缸來回，捧著衣籃到處跑都會喘不過氣，熱也累，重也倦。但天台樓梯盡頭掛著一幅德蘭修女畫像，寫著 "Works of love are works of peace"，每次看完都會走快兩步，繼續接力，這些疲累又算甚麼。

洗衣過後便是互動環節，我們會播音樂給老人聽、畫畫、按摩、油指甲油等。雖然語言不通，但她們一舉手投足，也會知道她們想要甚麼，需要甚麼，並不是義工們需要甚麼，想要甚麼。那是他們的想法，比我們自己的主觀想法重要得多。

有時候我們去探訪或做義工時，總會有主觀的想法就是她們必定需要甚麼，會給予或向她們做出自己的想法，但往往我們沒有想過她們自己的意願。很簡單，例如你拿一瓶紅色指甲油代婆婆塗指甲，可能她根本不喜歡紅色。如果是這樣，應該是拿好幾瓶放在她眼前，給予她最基本的選擇。重點不在於顏色，而在於意願。雖然這個例子微小，卻正正反映了每個人也有選擇的權利。

到了中午吃飯時間，修女們都會把飯盛到碟子上，義工們幫忙派飯，有些長駐的義工會知道哪些老人要吃碎飯，也要餵吃，會小心翼翼餵餐。飯菜都是印度傳統，每天都吃的咖喱薯仔飯，老人們用手吃著，吃完便派水和生果。

飯後也是我們勞動的時間，先是抹桌子，搬回原位和洗地（他們會吃到整地是飯和薯仔），後是洗碟子，跟洗衣一樣，又是一個個水盆，先沖去飯碎、洗擦、過水、抹乾。

不洗碗的義工會幫忙把老人扶到床上，有些飯後會大小便失禁，整張床單衣服要換掉，也要把他們抬到紅色膠椅上，當輪椅般推到洗手間洗擦屁股。就在洗澡與抹身那刻，我覺得那是最貼近也最親切的瞬間。雖說這是比較厭惡性的工作，但大家無分你我，誰看到就會去做。

飯後，有些老人不願躺在床上，或是要求義工們坐下，那是孤獨而渴望陪伴同行。我們都會安撫她們好好休息，安靜地睡一覺，一邊按摩一邊哄睡，告訴她們不要怕，我們明天還會再來。誰也不能永遠陪伴在側，但那些瞬間與日子還是可以好好珍惜。

那天離開 Nirmal Hirday 時下大雨，我和日本人 Yu、德國小子坐車回去。我們左閃右避不想濕透。德國小子總是充滿活力地說 "Come on, little boy, don't be shy!" 只見他赤條條走在雨中，仰起臉任由雨水落下，享受每一刻自然光景。我的腳和褲子早已滿是黑泥水，就像那篇網絡文章說的一樣。

我們冒著大雨去吃咖喱飯，小子教我如何用五指把咖喱和飯混好抓著吃，再推入口，令我回想起在尼泊爾遇見的那個用十隻手指抓飯吃的俄羅斯男生。是的，我又再次吃起咖喱飯來。飯後小子和 Yu 付錢，說下餐我請客。我心想那麼太好了，以後有一段日子可以相處。

誰知道兩天後便是他們的 Last day，義工們在唱歌和鼓掌下送走了他們，Yu 去 Varanasi，小子到尼泊爾與印度的邊境錫金。

離別那刻，我腦海不斷浮起那首我們一起唱過的歡送歌，相處時間短暫，每天也有人來了又去，人生也是如此。

"We thank you thank you thank you,
We thank you thank you thank you
We thank you thank you thank you from my heart.

We love you love you love you,

We love you love you love you,

We love you love you love you in my heart."

***

二零一五年四月二十五日，尼泊爾發生七點八級地震，我正在院舍。

中午時份，我看到院舍的吊扇震盪了數秒，我不以為事，繼續幹活。

後來才得悉是尼泊爾地震，北印和西藏也有微震，知道傷亡慘重，很多熟悉的古舊建築倒塌，實在不忍再看。後來得悉在那邊的朋友們都平安，鬆了一口氣。

在德蘭修女之家的義工們都互相慰問，聯絡身在尼泊爾的前義工是否安好，因為前義工的家人聯絡修女說親人不知去向；也有兩位中國女義工馬上買了機票到加都支援，雖然沒有救災技能的人親身到場，未必是最好的事，因為尼泊爾只有一個國際機場，在混亂情況下也應該免到該地，但女義工們坐立不安，還是飛過去了。而美國義工亦趕回了大吉嶺看家人的情況。

我們一起依靠和祈禱。

希望人們都振作重建家園，也呼籲義工們不要亂跑到災區，緊守崗位，一切安好。

A Bowl of Compassion

在德蘭修女之家待了兩星期，我告別了老人與義工們，再見也是團圓，往下一個目的地去。

A Bowl Of Compassion 位於 Bodh Gaya，是一所慈善小學，小學旁是民宿，我一待也是兩星期。二零零八年，德國人 Michael 到印度旅行，在這地認識了印度人 Murari，他們在討論印度學童的教育問題，Murari 告訴 Michael，這裡的小孩難有上學的機會，縱使有機會，學校也是簡陋且師資水平參差。Michael 認為微小力量也許可以改變世界，因此他們成立了 A Bowl Of Compassion，於印度與歐洲的民間籌募資金，建校招生。

他們在附近的村子找學生，讓他們免費上學之餘，中午也會提供一頓免費午餐，讓百多位小孩上學。而且一屆畢業後，又會繼續招生，讓更多

小孩有接受教育的機會。

就是這樣，Michael 在印度一待便是九年，在簽證屆滿時會回德國小休，後又回到印度。

我在 A Bowl Of Compassion 的民宿住了半個月，每天早上也有小孩偷偷掀起我房間的窗簾，大笑一頓叫我起床。沒錯，民宿就在小學旁，幾步就到。

醒來後我與小孩一起做早操，到課室聽課，午飯時也幫忙派飯。但我沒有教學，為免誤人子弟，還是做別的事情較好。

有天學生放學後，我們閒來沒事做，Michael 便邀請我們油牆，在小學的主牆畫畫和上色，那是我第一次油牆，他毫不猶豫便把任務交給我。

我說人們都是天生的藝術家，沒有不可能，只要用心畫就可。Murari 家裡是開油漆店的，我告訴他我需要甚麼顏色，便開始動工了。牆很大，我們先把牆身油上藍色，再慢慢畫上很多小孩、小鳥、樹木、小山、太陽，彩虹和雲。

四十度高溫，蒼蠅不斷撲臉，這幅牆在三天後完成。

小孩回到學校，看到畫牆，不斷指著牆上小孩大笑，那些開心的笑臉，掃走了我在往後很多日子的煩惱與沉鬱。

- SCHOOL KITCHEN -

婦女

學校有位婦女每天都來幫忙煮飯給學生，也打理民宿換床單。每次遇到旅客來校義教或住宿，她都表現得很恭敬，除了那是基本禮貌外，也像是她自覺身份卑微。

我與她每天都一起準備飯菜予學生，閒時我會幫忙洗碗，打掃清潔，打點一切。她總是不好意思地，害怕麻煩我，我閒來沒事做也想幹活一下。

後來她請我去她家作客，印度人都總是好客，很喜歡請朋友到家中坐。

踏入她家，不到一百五十尺，一張雙人床睡五人，床邊一個磚塊的距離便是廚房爐頭，四十度只有一把吊扇，廁所在外共用。

後來細聊下，我才得知她今年四十歲，已成為兩個孫子的外婆，十九歲那年喪夫，獨力養大兩個女兒，那年女兒才幾個月和歲多。在印度社會，婦女喪夫會被視為寡婦，是不吉祥的人，任何人也會避之則吉，下半輩子也不能有幸福的生活，也不能重嫁。

在印度教的教義當中，妻子的主要作用是陪伴丈夫一生順利、健康幸福、長命百歲，若然丈夫不幸離世，妻子也會喪失了教義賦予她的認同，不能繼承財產，甚至會被指責是令丈夫死亡的兇手，失去人生和尊嚴。寡婦不但被家人看不起，也被社會排斥和孤立，令她們前途一片暗淡與迷茫。

更甚的是，以往數百年的寡婦文化是根據當地的古老習俗，在丈夫離世後，寡婦會進行一場「薩蒂」的儀式，躺在丈夫旁或跳入焚燒遺體的火堆中，自焚殉夫。雖然習俗早被法律禁止，但在印度一些偏遠地區卻依然會進行。

那位婦女當時年紀輕輕已喪夫，很難想像往後餘生如何於家人和社會目光下渡過，也要獨力養大兩個女兒，實在不容易。她眼有淚光，哭訴這些年的困難，雖然她英語不好，但從情緒與情感中，我知道她的痛苦。後來說到每月薪水沒有很多，也要承擔房租費用，縱使女兒長大了，生活也沒有好過。

她的大女兒結婚了，丈夫出城打工但薪水也微薄，小女兒一直儲不到嫁妝而過了十八歲也未婚。在印度結婚，是女家付禮金予男方的，而禮金對她們來說是天文數字，好些農夫要賣屋賣地才能應付禮金，何況是婦女一家。

她的女兒跟我說懷孕了也不會去醫院照超聲波，看看是男還是女，生女也是聽天由命，都是自己骨肉，是男是女也無妨。但社會間很多婦女懷孕了也會去醫院照超聲波，如果是女的會打掉，因為那是賠老本的性別，不要也罷。

是的，在印度男女不平等，人命就如草芥，不值一提。

離去時我把小小金錢塞進婦女雙手，我說拿去做要做的事，日子總會好起來。她感激不盡，我沒有施捨，只希望透過分享，以微小力量為她們帶來一段日子的經濟紓緩。

一年後，我重回了小學和婦女家。

Michael 在德國的兩位朋友籌了錢，建了一所房子給她們，她們不用再租住別人的房間。而我也到過新房子，大了一倍，雖然也是五人睡一床，但環境總比以前好。

我又問婦女，如果多買床、修建廁所與廚房要多少。她數數手指，我又把小小金錢塞進她雙手，希望往後日子一直好下去。

緣份這回事，說不清，也沒有因由，不知為何，我一直也想重回探望小孩與婦女一家。

印度縮影

在瓦拉納西，我渡過了在印度最炎熱的日子，那數天都是四十五度，我天天喝好幾公升水，大地像裂開，一陣陣熱浪籠罩大地，但萬物在這裡卻一切生機處處。

每天早上，太陽在恆河對岸升起，人們便開始逼滿在河中沐浴、梳洗，洗衣和煮飯，小孩撲通跳下水嬉戲，也有很多虔誠的印度教徒來朝聖，進行冥想。在這條人民心目中最清淨的河流，大家無分你我，人人都各佔一隅，做自己的事。

而恆河邊則是一個人民廣場，穿橙衣的苦行僧、替人做按摩的、不斷拉攏生意的船夫、賣茶的、燒屍的、表演火舞的、玩棒球的、閒坐的、由上而下，下而上，人來人往，繁囂忙碌，各自精彩。

許多印度人也相信恆河發源於西藏的聖湖瑪法木措，所以將恆河稱為聖河，是大地之母。他們深

State Ba

信浸浴於河中能把一個人的罪孽都洗去。而且人死後，把屍體浸過河水，在河邊火葬，再把骨灰撒在河中，可以免受輪迴再生之苦。恆河也是正正承載著前世，今生與來世。

在恆河邊，我看過燒屍，但女性不能走太近，是一種不恭敬，所以我在遠遠看著；也禁止拍攝，那是對死者的最基本尊重。聽旁邊的人說，每天都有數百具屍體要處理，有百分之八十的屍體也是在別的邦死亡，他們的親人把屍體運到恆河來，為的就是讓死者可以直接升到天堂。

我看了整個燒屍的過程，先是專門燒屍的「旃陀羅」，他們會運送屍體跟木材到河邊，把屍體放好在木材上，浸在河水中數秒，代表洗去罪孽。然後抬回岸邊，讓死者的親人點火燃燒，直到火成灰，一切消失。

在印度我看過生老病死，德蘭修女之家的流浪街童、老人院患病與垂死的人、於恆河邊走完最後一程的逝者；也看人生百態，種姓制度下最高階級與不被提起的賤民，富有貧窮，段段悲歌與充滿熱情的生命力。

人類與社會，輕輕來也輕輕去，不消數秒，化作雲與煙，離開了卻散落四周，永在心中。

印度日常

在印度久了漸習慣，每天高溫，髒亂垃圾牛糞擠人的街道，煩人車響，在路上施展渾身解數的商人和司機，少有空調的國度實是旅人高階版。夜裡睡不好，蚊蟲蝨子多，每小時醒來硬合著眼睡去，都不知道已經是第幾個失眠夜。太熱沒有胃口，東西也吃不慣，體重八十多，心情有時候難免煩躁無奈，是旅途中的低潮。

確實有回港的念頭，睡不著就看舒國治的《流浪集》，很喜歡〈路慢慢兮心不歸〉一節，說七年美國公路之旅。這些橫豎交錯，高低起伏，此來彼往，周而復始的綫條，多年後的今天眯起眼睛來想，是真實的綫條，但當年無數個日夜荒遊其上，卻只知道它叫公路。

走到這裡來確實不容易，就告訴自己要堅持一陣子。

印度人總是刻苦耐勞，熱天在街上大汗疊小汗的人力車司機和恆河船夫，找條頭巾包著頭就天天在街道穿梭，奮力前進；檔口小販煮熱奶茶，一塊錢一杯叫賣糊口；小孩背著麻包袋，在街上和火車軌道上拾膠樽為生，此情此境，卻笑容滿面，天真純樸。

在神奇國度，人人都是朋友。青旅的印度家庭、街頭賣雜貨和電話卡的 Brother、街尾餐廳的上海老闆、天天坐在大街上的小孩、在路上打滾的司機，天天都握手，滿手油味咖喱味，總是朋友前朋友後的稱呼。不管是否真心，反正就是他們的文化，不亦樂乎。

在街上，你會遇到談好了價錢，卻在半途要多收錢的司機，他們會以各種無理的藉口例如「上車前我以為是較近的景點，原來你要去遠一點的，就要多收錢」、「前面的路封了，我要多拐幾個彎，要多收錢」，我不搭理，他們就會打電話給不知道何方神聖的朋友，讓朋友跟我講，最後當然我還是堅持原來的費用。

他們又會在火車站裝作職員，神色凝重地要你去一個房子，然後告訴你因為節日，外面的路都封了，現在要坐他們的車和住他們的酒店，職員們手舞足蹈，互相演戲，那也是一個神奇的騙人法子。

走回大街上，你又會看到一些看上去很正常，很像政府的遊客資訊中心，裡面的職員都穿整齊制服，牆上掛著政府式的證書、很多獎狀，反正就讓人相信是遊客資訊中心。他們會很熱情地問你待多久、要去哪，幫你計劃好行程，然後幫你看火車票。重點來了，他們的電腦有一個系統，寫上「火車票官網」，但裡面的火車票全都顯示是滿的，就是說你要跟他買，他能幫你辦到票，價格是火車站的十倍。當然，事實是火車並沒有滿，票還有，你相信了這個「專業」的辦公室和團隊，就要被騙也要多付錢了。

雖然他們狡猾也很會演戲，但只要心裡平靜，知道他們的手法，學會了應對方式便可應付自如。他們有招數我也會還招，裝聽不懂或說些比他們更無厘頭的話如「咕嚕咕嚕魔法陣」、「哈利波特比卡超」，不用動氣，簡單輕鬆，有何不可。

當然以上所說只是一小部分，很多遇過的印度人也是好人，會邀請你到他家作客，帶你遊玩，當作朋友，將心比心。人們貧困但知足常樂，奮力工作，樂於現狀。

整個國度就是如此運行，日復日，年復年，永遠長青。

BHARAT MEHRA
BINDRA TEXTILES
KASHMIR SWADESHI STORE
HLS
BONITA
NAYA KATRA

公車

每個國家都有一套生存的方式，遊戲規則是這樣就是這樣，知道規矩法則，偶爾又挑戰框框，生活在這裡自然事半功倍，否則依舊一團糟。

搭公車：無論是地鐵還是巴士也好，一個字就是「擠」，這裡搭車就是用擠，不擠你上不到車也不能下，你君子有禮不擠，後面的人也會起哄，推你上前。如果你要下車，首先倒數「三、二、一」，一開閘，月台上所有的人都會如洪水般向車廂湧至，生怕上不到車的樣子。尤其大站，人潮排山倒海。這時你要用袋和雙手好好保護身體，再來一場鬥擠的比賽，沒有誇張。有次看到一名男子粗魯地拿著大行李擠，碰到在月台的婦女，婦女額頭流血，男子逃之夭夭。

搭火車：如果你坐 Second class，恭喜你這是一趟美滿旅程，這個 Class 不查票，很多人不買票就擠上去，車廂滿到轉個身也不行，人們就睡在地上通道走廊、天花板的行李架。地上很多垃圾和食物殘渣，如果你不怕髒和被踩是可以照坐照睡的，我坐過六小時，畢生難忘。

後來搭 Sleeper，情況也沒有很好。你買好票，但一家大小沒買票又或者只買了一張票的人已一排一排坐在你的床上，要手裡拿著票請他們離去，他們又會找別的床或者直接睡在你旁邊的地上。這個 Class 的床當然只是一塊很多塵的板之類，一格六張床，頭頂有兩把沒有風又滿是塵的風扇。我會以微波爐來形容夏天搭火車，那趟旅程也是忍耐力訓練班。

火車站一向是印度壯觀之地，如果是大站如加爾各答和德里，會有大顯示屏，列車很易找。但如果是小站就要問人，經驗是問完一個看似很可靠、穿西裝的路人，等了又等不對路，再問小食店和一群印度人才找對。

另外，火車站是可以隨地睡的，背著大背包要跨過一個又一個躺在地上的人，他們就躺在路中心，繁忙得很，他們不怕被踩又不怕嘈吵，很厲害。月台與月台間的路軌可以隨便地跨越的，小心看著有否列車而且不怕危險便是。還有別太相信車票上的到達時間，建議加上四至六小時剛好，更甚的話可以是十二至二十四小時。

在這裡上了好幾課公車和火車忍耐力訓練班，回想確是好經歷，看似沒有規則可言的國度，把粗魯地擠、不買票、霸佔位置當作理所當然，但人們依舊井井有條，不慌不忙生活，這就是印度官方旅遊宣傳所說的 "Incredible India"。

達賴喇嘛之家

踏入六月，天氣陰晴不定。乘火車走過英殖民舊首都加爾各答、數千年城鎮與生死恆河、神聖的佛陀覺悟地、最北省喀什米爾，繁華之處到荒蕪人煙之地，感恩一直在路上。

身在達蘭薩拉，一個位於印度北面的小鎮。一九五九年，藏人們於中共的壓逼下奮起反抗，後來局勢緊張，達賴喇嘛被逼逃離家園，翻山越嶺，背走家鄉，來到達蘭薩拉，這個數以十萬流亡藏人之家。

二零一五年六月，我有幸於這地參與達賴喇嘛的八十慶典。記得那天人來人往，好些人要爬過鐵欄進入會場，我人擠人，終於在遠遠看到他在講話，雖說藏語，沒有聽懂。但看眾人聽講時不畏烈日，全神貫注，仰起面雙手合十，我感覺到專敬與虔誠，愛慕與支持。

慶典後去看在此的西藏博物館，一再流淚。

我沒有對西藏歷史有十分深入了解，去年在拉薩看博物館，展板第一句總介紹「西藏自古乃中國一部分」，自介在西藏建設影響云云。而這裡的博物館則段段歷史悲歌，有血也有淚。

博物館內的展示板講述文革時寺廟如何被摧毀、學者如何被批鬥、中共警察如何高壓監控藏民。去年往拉薩，到處都是監控錄影，不少景點都高掛中國五星紅旗。

多年至今，多少藏人每年翻過喜瑪拉雅山脈逃到印度及尼泊爾，他們攀過高山，於雪山高海拔中迷路荒野，前路迷茫，一切惶恐。

又多年至今多少藏人自焚，以身軀作出血的控

訴，高舉與彰顯對追求自由和反壓逼的夢。

我看著自焚者照片，你才二十七歲，年輕美麗，心懷大志，留下一句：The chinese are not letting us live in peace, it's better to die, better to die.

「死亡是更好的選擇」，言之鑿鑿，字字鏗鏘，聲聲入耳。

又一個，就這樣走了。

Lonely Planet

想著這半年的愜意時光，閒無目的走在大街，轉角咖啡店，拐彎坐梯間，看人們，按下快門，來完又去，最後歸家。

聽旅人說世界地圖，洛磯山脈的湖與海，小時候去過憶記褪色，不知何時回去；撒哈拉的駱駝隊伍，黃昏夕陽太美麗；西伯利亞鐵路跨越時區，時空交錯，甚麼是理性；玻利維亞的天地一色，走過一次恍如隔世。

世界太大，人總貪心，每段路總有終點，歸去重來。跳上一架列車，看著路軌，世界離我遠去，還置身其中。

你問我這些日子在做甚麼？忘了自身，除了想家不斷遊走，居無定所，陌生的床，五湖四海，不為甚麼，只為太多美麗地方的名字向我呼喚。

我把美麗之地，孤獨星球與眼睛在印度刺成一個青，成了旅途上我最喜歡的一個憶記。

神奇國度，不同宗教、建築、氣候、風景，人們與動物並存，是最寬容的地方。

Polish
New
Electronics

Reebok
Reebok

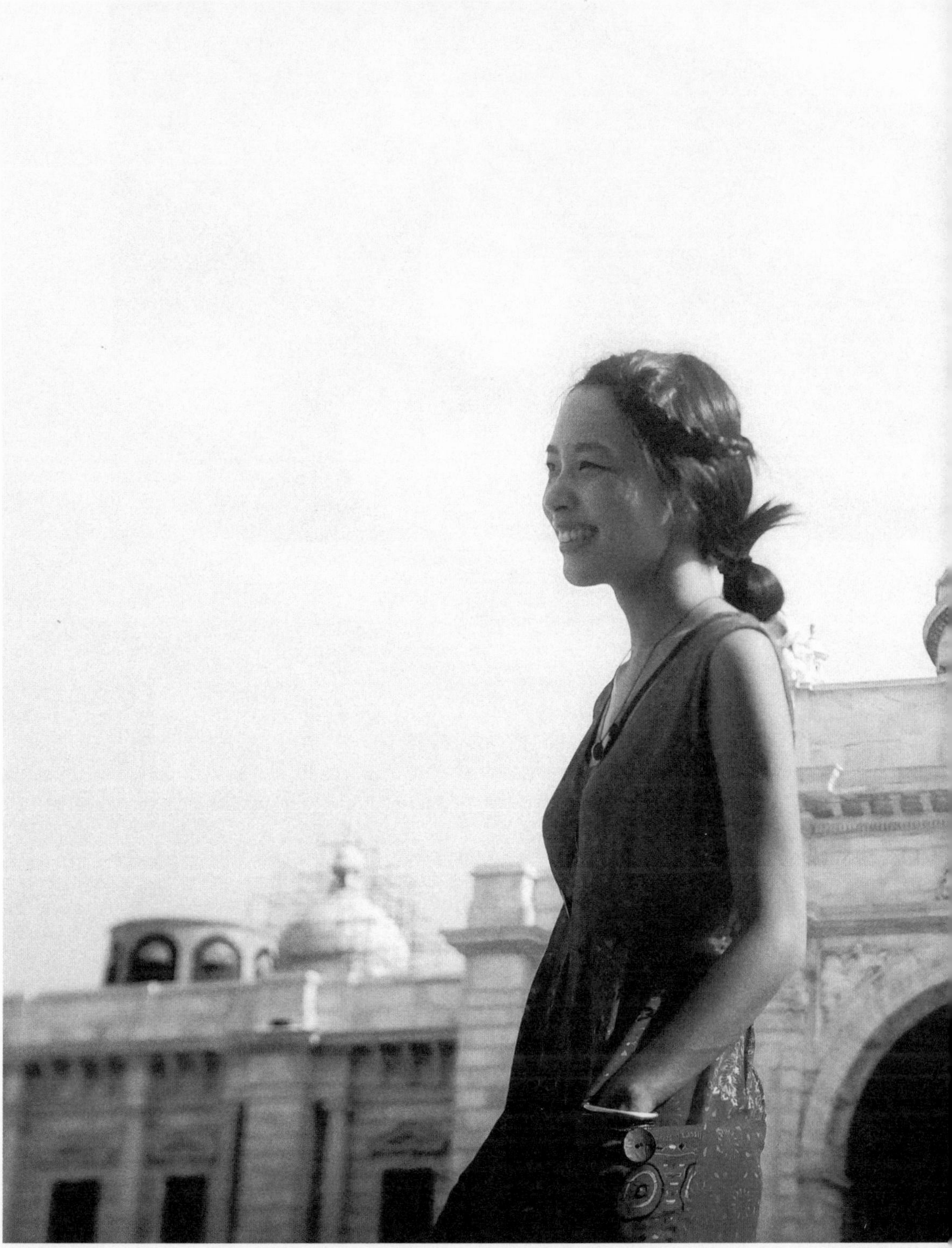

後記

母親一言

完全不知她在哪個國度
是白晝是夜黑，是寒冬是炎夏
在飢餓在溫飽，在危險還是悠閒裡

每天重複著一堆熱心的念掛
不得已工作再工作，分分秒秒總是磨人難耐
偶爾一點開心快樂走進來而忘卻後
顛來倒去的重回遙遙無邊際的牽憶

晴空裡 飛翔小鳥探尋瘋狂的漩渦
深洋裡 自由魚兒圖衝上雲端窺伺
巒崖上 跳躍羚羊嚐水平線下青蔥
岩井底 蹦跳傻娃洞觀奧宇宙幽冥

累氣憂悒中 等待著 期盼著
從臉書 從同齡的姐姐處得悉縹緲的步伐
當天心靈稍可寧閒一會

終於
倦鳥知還

滿滿文化的體驗
燦爛銘骨的回憶
地圖世界的友誼
大地遠土
孕育你生活智慧
鯨吞大度的胸襟
練磨你堅韌鬥志
迎難紛擾的火堆
生命態度的尊重

昔日沒味道的女孩
今天魅力澎湃少女
昔日媽媽惱眉忡忡
今天詮釋為慰懷樂

過些日子
你必定重新出發
走過更遠更遼闊

媽媽字
二零一七年五月

姐姐一語

別人常問有沒有心靈相通，看戲嗎？當然是沒有。自小走不同軌跡，一個英中、一個中中；一個大學、一個副學士。在青蔥日子某程度就是親友覺得讀書較好的就是好、交乖乖的朋友、唸看到出路的書、走往光明點的支線。但讀完出來基本上沒什麼分別，最重要都是你是一個怎樣的人。

有段時間沒怎麼溝通，二零一四年我在香港三次被捕她好像只略略問候兩句，那年她去印度尼泊爾流浪好久（大半年？兩年？忘了），親友叫我勸她回來，告訴她要合乎社會的期望，即是找工作，我一句話都沒說，她去到哪個國家我也不知。有什麼好講呢？都是成年人，我們都不是肉麻的人，不用多說。那時大抵最心掛是我媽，一個面臨官司不知哪間公司會請，一個跑掉了不知流浪至何日回來。

後來竟然是她結了婚，兒子都快要一歲，開了家網店以浮游延續出走的日子；我去了做記者，訪想訪的人，在眾人日常繼續看社會崩壞。其實我們一直沒怎樣談心，怕骨痺，大多只是吃個飯胡扯一通。

數年前知道她又要走一年半載我沒不捨，某日隔了不知多久，突然收到短訊，原來她已離開香港，在往某個山區的巴士上。她也不知我的事，兩人的生活大多都在網上互相看到。我不習慣婆媽多問，只知後來瞬眼變了姨媽，瞬眼各自有了似是而非的人生目標，瞬眼彼此尚是走在想走的道上。走著走著，現在說最多的是：我們好像都老了，但人生卻是充實且精彩。

姐姐字

二零一七年三月

送給家人

這些年來，母親，外公與姐姐一直予以支持與體諒，不管我到了哪裡，我只知道總有一個家可以歸去。

成為妻子與母親，從緬甸你我都像個野人認識開始，到後來只用了七百一十五元註冊結婚，婚戒數千有找。

就是這樣，沒房與車，沒豪華蜜月，婚禮與酒席。一切隨意，以腳架自拍，到了土耳其和埃及拍下婚照。

兒子出世，不寄望他是出色成功的人，只希望他能走自己的路。

我們仨都不需要甚麼，只要平淡與幸福。

此書，送給我最愛的家人，生活愉快。

Feeling

Wish You Were Here

背包三年，最大感觸是看見貧與富。

在印度住進當地一間慈善小學，始終相信教育是一生中重要的事情，第二年再度回去，決心要助學更多小孩。

回港後開設小店 Wish You Were Here，天涯路遠，搜集各地民族東西讓你帶回去。

透過賣一助學一小孩的概念，分享更多資源。半年內已助學近二百個小孩兩個月的午餐費用，購買了全新校服與日常用品，也修建了三個課室。

那年社會工作系畢業，畢業後沒當社工，一直漂流在外。現希望透過助學，把同行、分享、互助的價值觀好好實現。

希望一直分享下去，走過更多道路，夢想就是如此。

FB: Wish You Were Here
https://www.facebook.com/wishwishyouwerehere

IG: wishyouwere_ _here

Life 16

如果流浪是一種練習

作者　何潔明（小明）
責任編輯　Raina Ng
書籍設計　Kaman Cheng
書籍圖片　何潔明（小明）

出版　天窗出版社有限公司 Enrich Publishing Ltd.
發行　天窗出版社有限公司 Enrich Publishing Ltd.
九龍觀塘鴻圖道 78 號 17 樓 A 室
電話　(852) 2793 5678
傳真　(852) 2793 5030
網址　www.enrichculture.com
電郵　info@enrichculture.com
出版日期　2017 年 6 月初版

承印　百樂門印刷有限公司
香港將軍澳工業邨駿光街三號
紙品供應　興泰行洋紙有限公司
定價　港幣 $108　新台幣 $ 450
國際書號　978-988-8395-57-6
圖書分類　（1）旅遊　（2）旅遊文學　（3）心靈勵志

支持環保　此書紙張經無氯漂白及以北歐再生林木纖維製造，並採用環保油墨。